凱信企管

**用對的方法充實自己，
讓人生變得更美好！**

凱信企管

用對的方法充實自己，
讓人生變得更美好！

Engilsh Writing

建構式
英文寫作
速成課

從書寫生活記錄開始，
鍛鍊英文寫作力

U SER GUIDE
使用說明

用「記錄生活練語感」的方式，從書寫一兩句，到兩三句，
自然地寫出流暢簡練短文。

STEP 1

精選 49 個日常心情、小事件，記錄從「臨摹主題」開始

擔心不知道要記錄什麼嗎？ Don't worry，你可以從書裡不同分類的生活小事
件來得到提示，找到相似的事件或感受，跟著模仿學習記錄。從與自身最相
關的「開始」最容易。

√ 身心難受的事 ｜ 182
與朋友鬧情緒／感冒／過敏／中暑／看中醫

√ 休閒（興趣）樂事 ｜ 32
唱ＫＴＶ／逛夜市／上健身房／網咖／聽音樂會／郊遊／繪畫
學調酒／網路聊天／游泳／健行／出國旅遊／泡溫泉／學做菜

√ 避之唯恐不及的事 ｜ 206
颱風／停電／火災／交通事故

√ 戀愛這回事 ｜ 94
　　／約會／吵架／分手

STEP 2

相關主題詞彙／句型公式，寫出屬於自己的絕佳金句

想寫出更貼近自身心情的句子嗎？每一主題皆有必備單字、常用短句及替換
句供學習使用，亦可直接套用基本句型公式，快速又正確地寫出屬於自己想
表達的精準句式；同時，還能自然地學會句型、文法，一舉兩得，進步看得見；
越寫越會寫，基礎也更扎實。

必備單字

burning adj. 發熱的
swimming n. 游泳
relaxing adj. 放鬆的

常用短句

① It is burning hot through the v
整個夏天都熱炸了。

相似句 The whole summer is s

**　　** I love s　　 整個夏天都悶熱不可

④ The swimming pool is crowded with children.
游泳池裡滿滿都是小朋友。
相似句 Kids are everywhere in the swimming pool.
游泳池到處都是小朋友。

⑤ It's so comfortable to swim in a swimming pool.
游在泳池中內真的很舒服。
相似句 Swimming is nice, and soaking in the water is also relaxing.
游泳很好，泡在水裡也很令人放鬆。

· 不及物動詞用法 S（主詞）＋ V（動詞）

不及物動詞用法：swim 游泳
He swam last night. 他昨晚去游泳。
主詞　動詞　　時間副詞
動詞時態變位 swim（現在式）→ swam（過去式）。

練習基本句型！
及物動詞用法 S（主詞）＋ V（動詞）＋ O（受詞）
· 及物動詞：splash 潑濺

STEP 3

用大量短文閱讀 input 寫作邏輯，活絡寫作思維

全書 49 則生活化主題式的短文閱讀，除能幫助理解如何將所學融入記錄裡之外，亦能對文章架構、情節鋪陳有基本的認知，進而能發展出屬於自己的寫作支架，強化寫作技巧，更能無形中提高書寫能力。

短文範例賞析

Let's go to the night m

I really love shopping at the night ma
market are cheaper. I love the *genui*
the night market, too. I often eat gril
evening. I always *net goldfishe*
out the night market. *I ma*

短文範例賞析

Barbecue!!!

My friend and I decided to barbecue in
Moon Festival. When we were busy *b*
in the evening, a lunar eclipse *took*
a coincidence. Peopl

1. I've already
2. But after the c

用多學一類
1. I got ... for free.
2. ... at the end of ...

STEP 4

output 寫作模版，鍛鍊寫作從一兩句開始

循序漸進的學習之後，最後透過「寫作練習」模版將所學融會貫通，從一句、兩句開始逐步架構寫作基礎，你會驚奇的發現，從前面的單字、句式及閱讀短文裡學到的詞彙、文章架構，都會透過真實的記錄，讓你選詞用字不再卡關，甚至能自然地開始用精準的句式表達情緒，寫作不再是難事！

寫作練習

免費的演唱會門票！

1. 我一直都很想去演唱會。我幸運地
手的服裝很豪華耀眼，觀眾席的所有人
結束後，地上都是垃圾。那個時候的

寫作練習

巧克力棒！

1. 我跟弟弟今天去游泳。大家都
與互相潑水，我們興奮得在那裡
的皮膚開始脫皮。哈哈

PREFACE
作者序

　　說起「英文寫作」，我想對於已經學習英文許多年的人來說，其困難度應僅次於「口說」了吧！？

　　的確，明明記了很多單字，學習了許多句型、文法，但為什麼一遇到英文寫作，就舉步維艱，遲遲無法下筆呢？即使只是短短的幾行記錄或敘述。

　　因此，在我規劃這本書的時候，就是希望以「用英文記錄生活」的方式，帶領大家認識英文的不同面相。只要單純的將每天所見所聞、想法、心情或是計畫，用英文表達出來，不僅能讓你更熟悉生活裡常見的情境單字、短句，也有更多機會能記憶英文並活用所學；同時，藉由天天想、天天寫，自然而然地讓英文融入生活的每個時刻。

　　若是還不習慣用英文記錄的人也不用擔心！在選題上，我也依照不同的生活情境來幫大家規劃了多元化的主題，你可以根據每天或當下不同的心情與體會，找到相似的主題來跟著學習記錄。從情境關鍵單字開始，讓你練習最為簡單的書寫，你可以從「我昨天有go shopping！」這樣的句子開始下手，試著將學到的情境單字放進你的各種想法裡，久而久之，在不害怕使用英文之後，你就可以開始練習常用短句並延伸至相似短句，從一句到兩三句，你會發現：用英文記錄，變得好容易！

另外，閱讀文章是增進英文能力最快速的方式。因此全書也精選了各類情境的英文小短文，提供大家不同於以往的閱讀題材。因為是最貼近生活的英文記事，所以用的都是最常見的單字、句型，也讓大家透過閱讀生活的大小事記錄，能產生更多的共鳴，除了引領你找到閱讀的樂趣之外，也能一步一步的教你寫出文字流暢、符合主題的記錄短文，確實奠定英文寫作基礎。

　　這一本書是專為想開始把英文寫作打好基礎的讀者而設計，學習沒有一步登天，根據我的經驗：只要能把根基紮穩，日後再透過個別指導或進階學習，寫作的能力必能有更顯著的進步，只要有一顆願意學習的心，相信一定能得償所願。

　　祝福你！

CONTENTS
目錄

節日假期
開心事

RTI 1

過新年

必備單字

holiday `n.` 假日　　**clean up** `phr.` 清掃　　**set off** `phr.` 施放

firecracker `n.` 鞭炮　　**red envelope** `n.` 紅包 **family** `n.` 家庭

reunion `n.` 團圓　　**Chinese New Year** `n.` 新年

基本句型

・及物動詞用法 S（主詞）＋ V（動詞）＋ O（受詞）

> `ex` 及物動詞：**get** 得到
>
> My sister　got　5 red envelopes . 我妹妹拿到五個紅包。
> 　主詞　　　動詞　　　　受詞
>
> **動詞時態變化** get（現在式）→ *got*（過去式）。

・不及物動詞用法 S（主詞）＋ V（動詞）

> `ex` 不及物動詞：**celebrate** 慶祝
>
> We　celebrated　happily . 我們開心地慶祝。
> 主詞　　動詞　　　　副詞（修飾動詞）
>
> **動詞時態變化** celebrate（現在式）→ *celebtared*（過去式）。

練習基本句型！

及物動詞用法 S（主詞）＋ V（動詞）＋ O（受詞）

・及物動詞：**give** 給

_____. 他給紅包了。

他（主詞）　給（動詞）　　　紅包（受詞）

動詞時態變化 give（現在式）→ *gave*（過去式）

Answer：He gave the red envelopes.

常用短句

① I'm looking forward to the Chinese New Year.

我好期待過年。

相似句 Chinese New Year has always been my favorite holiday.

過年是我最喜歡的假日。

---

② Cleaning up the house always drives me crazy.

大掃除總是讓我抓狂了。

相似句 It always takes us a long time to clean up the house.

替家裡大掃除總是要花很多時間。

---

③ People set off firecrackers.

人們都放鞭炮。

相似句 Firecrackers are so much fun.

放鞭炮真好玩。

---

④ I got five red envelopes.

我拿到五個紅包。

相似句 I gave out seven red envelopes.

我給了七個紅包。

---

⑤ We came back for the family reunion.

我們回家團圓。

相似句 Family reunion is the best part of Chinese New Year.

全家團聚是過年最棒的事情。

Here comes the Chinese New Year

I'm looking forward to the Chinese New Year. Next Sunday is the ***Eve*** of the Chinese New Year. Dad and mom start cleaning up the house and ***purchasing*** the goods for the New Year. Cleaning up the house always drives me crazy. We are ***returning*** to Dad's ***hometown*** before the Eve of the Chinese New Year. My grandparents will be very happy to see us. ***The best thing in Chinese New Year is that*** I can get a lot of red envelopes and wear new clothes.

中譯

新年來了

我真期待過新年。下個星期天就是除夕夜了，爸爸媽媽開始要大掃除並添購年貨。大掃除每次都會讓我抓狂。我們在除夕之前就會回到爸爸的故鄉，祖父母看到我們一定會很開心。新年最棒的就是我能拿到很多紅包又可以穿新衣服。

相關單字

Eve 前夕	purchase 購買	return 返回
hometown 家鄉	serious 嚴重的	traffic jam 塞車
popping 霹啪聲	superhighway 高速公路	

寫作練習

紅包紅包！

新年的時候，高速公路塞車塞得很嚴重。有很多人不開車，反而改搭火車回家團圓。在晚上，很多人在放鞭炮，因此鞭炮聲處處可聞。除夕夜吃團圓飯時，<u>1. 我從長輩那裡收到很多的紅包。</u>

Red envelopes!

There was a **_serious traffic jam_** on the **_superhighway_** during the Chinese New Year. Many people, instead of driving, took trains home for family reunions. At night, people set off firecrackers, **_so that_** we could hear **_popping_** sounds all around. While having a family reunion dinner on Lunar New Year's Eve, **1.**＿＿＿＿＿＿＿ ＿＿＿＿＿＿＿＿＿＿＿＿＿＿.

解答

1. I got lots of red envelopes from my elders.

再多學一點

- **The best thing in Chinese New Year is that ...**

  新年最棒的就是……

  ex **The best thing in Chinese New Year is that** all the relatives get to see one another.

  新年最棒的就是所有的親戚得以聚首。

- **so that ...**

  所以……

  ex We got up early, **so that** we could reach Grandma's house for lunch in time.

  我們起了個大早，所以我們能及時抵達外婆家吃午餐。

02 元宵節

必備單字

rub v. 搓   **riddle** n. 謎題   **lantern** n. 燈籠

light up phr. 點燃   **Lantern Festival** phr. 元宵節

temple n. 廟   **stuffed dumplings** phr. 湯圓

基本句型

・及物動詞用法 S（主詞）＋ V（動詞）＋ O（受詞）

> ex 及物動詞：**rub** 搓
>
> My sister   rubbed   some stuffed dumplings . 我妹妹搓湯圓。
>   主詞   動詞   受詞
>
> **動詞時態變化** rub（現在式）→ *rubbed*（過去式）。

・不及物動詞用法 S（主詞）＋ V（動詞）

> ex 不及物動詞：**fly** 飛行
>
> The sky lanterns   is flying . 天燈飛起來了。
>   主詞   動詞
>
> **動詞時態變化** fly（現在式）→ *is flying*（現在進行式）。

練習基本句型！

及物動詞用法 S（主詞）＋ V（動詞）＋ O（受詞）

・及物動詞：**play** 玩

_____ . 我們玩猜燈謎。

我們（主詞）   玩（動詞）   猜謎（受詞）

動詞時態變化 play（現在式）→ *played*（過去式）

Answer：We played riddles.

常用短句

① Mom taught us to rub stuffed dumplings by hand.

媽媽教我們用手搓湯圓。

相似句 My mom taught us how to make stuffed dumplings by ourselves.

我媽媽教我們如何自己做湯圓。

② We went out with lanterns.

我們提燈籠去外面。

相似句 We went out with lanterns in our hands.

我們手提燈籠出門去。

③ The folk dance was interesting.

民俗舞蹈很有趣。

相似句 Folk dancing was fun to watch.

民俗舞蹈看來真有趣。

④ We played riddles.

我們玩猜燈謎。

相似句 We started the lantern riddle game.

我們開始猜燈謎。

⑤ I flew sky lanterns with neighbors.

我和鄰居一起放天燈。

相似句 My neighbors and I gathered together and released / lauched sky lanterns.

我和鄰居聚在一起放天燈。

Rub the stuffed dumplings

Mom taught us to rub stuffed dumplings by hand. ***My favorite activity*** in Lantern Festival ***is*** rubbing stuffed dumplings. ***Nowadays*** there are many different ***flavors*** of stuffed dumplings. After eating stuffed dumplings, we went out with lanterns. There were lots of people playing riddles ***in front of the*** temple.

中譯

搓湯圓

　　媽媽教我們怎麼用手搓出湯圓。元宵節我最喜歡的活動就是搓湯圓了。現在有非常多種口味的湯圓。吃完湯圓以後，我們提著燈籠出門。在廟前面有很多人在猜燈謎。

相關單字

nowadays 現今的	flavor 口味	handmade 手工的
neighbor 鄰居	torch 火把	smoothly 順利地
in front of 在……前面		

寫作練習

放天燈！

1.我們家人一起享用晚餐而且唱卡拉OK。之後我和鄰居一起放天燈，我弟弟則是舉著火把。我看著天燈飛高，並且祈禱未來一切順利。我已經開始期待明年的元宵節了！

Fly the lanterns!

1._____. I released *handmade* lanterns with *neighbors* while my brother lifted a *torch*. I saw lanterns fly high away, and prayed that everything in the future would go *smoothly*. *I am starting to* look forward to the Lantern festival next year.

解答

1. My family had dinner together and sang karaoke.

再多學一點

- **My favorite activity is …**
  我最喜歡的活動是……

  ex **My favorite activity is** the lantern riddle party.
  我最喜歡的活動是猜燈謎大會。

- **I'm starting to …**
  我開始……

  ex **I'm starting to** look forward to the Lantern Festival next year.
  我開始期待明年的元宵節了。

---

03 端午節

必備單字

dragon boat n. 龍舟　　**race** n. 競賽　　**river** n. 河

rice dumpling n. 粽子　　**participate** v. 參加　　**wrap** v. 包裹

bamboo leaves n. 粽葉　　**Dragon Boat Festival** n. 端午節

基本句型

• **及物動詞用法 S（主詞）＋ V（動詞）＋ O（受詞）**

ex 及物動詞：**cheer** 歡呼；加油

<u>We</u>　<u>cheered</u>　<u>our dad</u>. 我們幫爸爸歡呼、加油。
主詞　　動詞　　　受詞

動詞時態變化 cheer（現在式）→ *cheered*（過去式）。

• **不及物動詞用法 S（主詞）＋ V（動詞）**

ex 不及物動詞：**participate** 參加

<u>My sister</u>　<u>participated</u>　<u>in a game</u>. 我妹妹參加一個比賽。
主詞　　　　動詞　　　　補語

動詞時態變化 participate（現在式）→ *participated*（過去式）。

* 註：participat in 常作為一個片語使用。

練習基本句型！

及物動詞用法 S（主詞）＋ V（動詞）＋ O（受詞）

• 及物動詞：**wrap** 包裹

_____. 我們包粽子。

我們（主詞）　　　包（動詞）　　　粽子（受詞）

動詞時態變化 wrap（現在式）→ *wrapped*（過去式）

Answer : We wrapped rice dumplings.

常用短句

① There was a dragon boat race along the river.

今天河邊有划龍舟比賽。

相似句 The dragon boat race was held on the river over there.

划龍舟比賽在那邊的河裡舉行。

----

② My cousin participated in a dragon boat race.

表哥有參加划龍舟比賽。

相似句 My cousin was on the dragon boat racing team.

我表哥是划龍舟比賽的隊員。

----

③ Lots of people were watch the race along the river.

河邊有很多看比賽的人。

相似句 There were crowds of people watching the race along the river.

河岸滿滿都是看比賽的人。

----

④ Mom taught us how to wrap rice in the bamboo leaves.

媽媽教我們怎麼把米包進竹葉裡。

相似句 My mom taught us how to wrap up rice dumpling.

我媽媽教我們怎麼包粽子。

----

⑤ Everyone was moved after watching the dragon boat race.

大家看完比賽後都很感動。

相似句 The race was so exciting that everyone was having fun.

這是場刺激的比賽，大家都很盡興。

Dragon Boat Festival!

Dragon Boat Festival is coming. Mom taught us how to wrap rice dumplings. There was a dragon boat race on Keelung River, so my sister and I went there to watch the race. Lots of people were watching the race along the river. The *competition* was *intense* and exciting. The *weather* was *so* hot *that* I got *sunstroke* when I got home.

 中譯

端午節來啦！

端午節就要到了，媽媽教我們怎麼包粽子。基隆河那裡有個划龍舟比賽，所以我跟妹妹一起去看比賽。河邊都是來看比賽的人。比賽又刺激又緊張。回家後我中暑了，因為天氣實在太熱了。

相關單字

competition 比賽	intense 緊張的	weather 天氣
sunstroke 中暑	yell 大叫	megaphone 大聲公
bank 河堤	reward 獎金	

寫作練習

爸爸最棒了！

　　1. 爸爸參加了划龍舟比賽，2. 他希望我們到場去幫他加油。當我們在河堤上看比賽的時候，媽媽甚至還用大聲公大聲吼叫。他們最後得了第二名，而且全隊得了兩萬元的獎金。

Dad is the best!

1._____. 2._____
_____. Mom was even yelling through a megaphone when we watched the race on the bank. They came in second in the end, and the whole team won twenty thousand dollars as a reward.

解答

1. Dad participated in a dragon boat race.
2. He wanted us to be there cheering up to him.

再多學一點

• **so ... that ...**	• **... came in ...**
太……以至於……	……得到第幾名
The rain was **so** heavy **that** they put off the race.	**ex** The new team came in third place, which wasn't so bad.
雨太大了，以至於他們延後了比賽。	新來的組別得到了第三名，還不賴。

04 母親節

必備單字

gift n. 禮物　　**surprise** n. 驚喜　　**carnation** n. 康乃馨

please v. 使……開心　**handmade** adj. 手做的；手工的

Mother's Day 母親節

基本句型

・及物動詞用法　S（主詞）＋ V（動詞）＋ O（受詞）

ex 及物動詞：**buy** 購買

My sister and I　bought　a gift . 我和姊姊買了禮物。
　　主詞　　　　　　動詞　　受詞

動詞時態變化 buy（現在式）→ *bought*（過去式）。

・不及物動詞用法　S（主詞）＋ V（動詞）

ex 不及物動詞：**came** 到來

The party　came　as a surprise for Mom. 派對是給我母親的驚喜。
　主詞　　　動詞　　　　補語

動詞時態變化 come（現在式）→ *came*（過去式）。

練習基本句型！

及物動詞用法 S（主詞）＋ V（動詞）＋ O（受詞）

・及物動詞：**celebrate** 慶祝

_____. 我們在餐廳慶祝她的生日。

我們（主詞）　慶祝（動詞）　她的生日（受詞）　在餐廳（副詞）

動詞時態變化 celebtare（現在式）→ *celebrated*（過去式）

Answer：We celebrated her birthday at a restaurant.

常用短句

① Mother's Day is coming.

母親節要到了。

相似句 Mother's Day is around the corner.

母親節就要到了。

② My sister and I planned to buy Mom a gift.

我妹妹跟我要一起買禮物給媽媽。

相似句 My sister and I planned to surprise Mom with a gift.

我和妹妹計畫要買禮物，給媽媽一個驚喜。

③ I am going to make handmade carnations for Mom.

我打算手做康乃馨給媽媽。

相似句 I'm planning to make carnations by myself for Mom as a gift.

我要做康乃馨當禮物，送給媽媽。

④ I believe the best gift is being a hard-working child.

我相信最好的禮物就是認真唸書。

相似句 I think studying hard is the best gift for parents.

我認為認真讀書就是給雙親最大的禮物。

⑤ We ate out.

我們到外面吃。

相似句 We celebrated it at a restaurant.

我們在餐廳慶祝。

短文範例賞析

A costly gift

I went to a department store for mother's gift. ***In order to*** please mom, I bought a ***suit*** for her in the department store. I believe mom will be happy about this. However, it was so ***costly*** that I ***nearly*** spent all my money. Next year, I will ***persuade*** my sister ***into*** buying a gift together.

中譯

好貴的禮物

我到百貨公司去買母親節的禮物。為了要讓媽媽開心，我在那裡買了一套衣服給她。我相信她一定會很開心的！但是一套衣服真的太貴了，以至於我幾乎花光我的錢。明年我要說服我姊姊跟我一起買禮物。

相關單字

savings／deposit 存款	worried 擔心的	handmade 手工的
carnation 康乃馨	suit 一套衣服	costly 昂貴的
nearly 幾乎地	persuade ... into 說服人做……	

寫作練習

我要給媽媽的手工禮物

　　1. 母親節快要到了。我只有兩百元的積蓄,而我弟弟有十元。但是我擔心兩百一十元是買不到什麼好東西的。所以我打算手做康乃馨給媽媽。我相信最好的禮物就是當一個用功的小孩。媽咪聽到我說我愛她的時候,感動得哭了。

My handmade gift for mom

1. _____. I only have two hundred dollars in my *account*, and my brother has ten in his. But I'm *worried* because it seems that I can't buy anything nice with two hundred and ten dollars. I am going to make *handmade carnations* for Mom. I *believe the best gift is* being a hard-working child. Mom was touched when I told her that I love her.

解答

1. Mother's Day is coming.

再多學一點

- **In order to …**

  為了……

  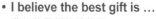

  ex **In order to** surprise my mom with the dinner, we called uncle Jamie for help.

  為了以晚餐給媽媽一個驚喜,我們打電話給傑米叔叔要求幫忙。

- **I believe the best gift is …**

  我相信最好的禮物是……

  ex **I believe the best gift is** to let your parents know how much you love them.

  我相信最好的禮物是讓你的父母知道你有多愛他們。

中秋節

必備單字

moon cake n. 月餅　　**barbecue** v. 烤肉　　**eclipse** n. 蝕

lunar adj. 月亮的　　**trash** n. 垃圾　　**fire** n. 火

Moon Festival n. 中秋節

基本句型

• 及物動詞用法　S（主詞）＋ V（動詞）＋ O（受詞）

ex 及物動詞：**build** 生；建立

My sister　built　a fire . 我妹妹生火。
主詞　　　動詞　　受詞

動詞時態變化 build（現在式）→ *built*（過去式）。

• 不及物動詞用法　S（主詞）＋ V（動詞）

ex 不及物動詞：**barbecue** 烤肉

We　barbecued . 我們在烤肉。
主詞　　動詞

動詞時態變化 barbecue（現在式）→ *barbecued*（過去式）。

＊註：常見說法為 We had a barbecue.

練習基本句型！

及物動詞用法 S（主詞）＋ V（動詞）＋ O（受詞）

• 及物動詞：**tell** 說

_____. 他說故事。

他（主詞）　說（動詞）　　一個故事（受詞）

動詞時態變化 tell（現在式）→ *told*（過去式）

Answer : He told a game.

常用短句

① Moon Festival is a big festival for Chinese.

對中國人來說中秋節是個很重要的日子。

相似句 Moon Festival is an important festival for Chinese people.

對中國人來說，中秋節很重要。

② My parents' friends gave us many moon cakes.

爸媽的朋友送我們很多月餅。

相似句 Friends of my parents sent us moon cakes as gifts.

爸媽的朋友送我們月餅作為禮物。

③ Children all love barbecuing.

小孩都很喜歡烤肉。

相似句 Who doesn't love barbecue?

誰不喜歡烤肉呢？

④ A lunar eclipse took place at eight tonight.

今晚八點發生月全蝕。

相似句 There was a lunar eclipse at eight tonight.

今天晚上八點有月全蝕。

⑤ We visited Grandmother.

我們去探望外婆。

相似句 We went to the countryside to visit our grandparents.

我們去鄉下探望祖父母。

Barbecue!!

My friend and I decided to barbecue in my ***yard*** for celebrating the Moon Festival. When we were busy ***building a fire*** at about eight in the evening, a lunar eclipse ***took place***. The news said that it's a ***rare coincidence***. People enjoying the full moon ***exclaimed*** in excitement together for the ***phenomenon***. The moon was eclipsed totally and showed up after three minutes. It shone more brightly after the eclipse. But I ended up unhappy because people left lots of trash after barbecuing. We should teach them how to keep the environment clean at first.

中譯

烤肉！！

我和我朋友決定要在我家庭院裡烤肉慶祝中秋節！大約是八點左右，當我們正忙著生火的時候，發生了月全蝕。新聞說這個巧合是很不常見的，賞月的人都一同為這個現象驚呼，月亮完全被遮蔽住。三分鐘過後月亮又再度露出來，月亮在全蝕之後更為明亮了。但是我最後有點不開心，因為大家烤完肉都亂丟垃圾。我們應該先教育大家如何維持環境的整潔。

相關單字

yard 庭院	build a fire 生火	coincidence 巧合
rare 罕見的	phenomenon 現象	eat up 吃光
fruit 水果	exclaim 驚呼（exclaimed：過去式）	

寫作練習

吃不完的月餅

中秋節對中國人來講是個重要的節日。1. 大家會聚在一起吃月餅、賞月、說故事。我爸媽的朋友每年都會寄月餅給我們作為禮物，但是總是有個很大的問題，就是我根本無法解決它們啊！無論我怎麼努力，就是吃不完。我決定下次吃水果不吃月餅了，這樣會比較健康點。

Countless Moon cakes

Moon Festival is a big festival for Chinese. **1.** _____

_____. Friends of my parents send us moon cakes as gifts every year. There's always problem finishing those moon cakes. No matter how hard I tried, I would never ***eat up*** those moon cakes. I decide to eat ***fruits instead of*** moon cakes next time. I believe it will be healthier.

解答

1. People get together to eat moon cakes, watch the beautiful night scenes, and tell stories.

再多學一點

- **took place**
  發生

  ex The fire accident caused by barbecue **took place** in city center.
  那場由烤肉引起的火災意外發生在市中心。

- **instead of …**
  取而代之

  ex **Instead of** having a barbecue party, we had hot pot for dinner.
  我們沒有烤肉，取而代之的是我們吃火鍋當晚餐。

休閒（興趣）樂事

RTI

2

01 唱 KTV

必備單字

b-day（birthday） n. 生日　　**sing** v. 唱歌　　**enjoy** v. 享受

karaoke n. 卡拉OK　　**crazily** adv. 瘋狂地　　**dance** v. 跳舞

sofa n. 沙發　　**be worn out** phr. 精疲力盡

基本句型

・及物動詞用法 S（主詞）＋ V（動詞）＋ O（受詞）

ex 及物動詞：**sing** 唱歌

My sister　sang　a song . 我妹妹唱一首歌。
　主詞　　　動詞　　受詞

動詞時態變化 sing（現在式）→ *sang*（過去式）。

・不及物動詞用法 S（主詞）＋ V（動詞）

ex 不及物動詞：**dance** 跳舞

We　danced　crazily . 我們瘋狂地跳舞。
主詞　　動詞　　副詞（修飾動詞）

動詞時態變化 dance（現在式）→ *danced*（過去式）。

練習基本句型！

及物動詞用法 S（主詞）＋ V（動詞）＋ O（受詞）

・及物動詞：**offer** 提供

_____ . KTV 提供不含酒精的飲料。

KTV（主詞）　　提供（動詞）　　不含酒精飲料（受詞）

動詞時態變化 offer（現在式）→ *offered*（第三人稱單數）

Answer : The KTV offers soft drinks.

常用短句

① For celebrating my co-worker's birthday, we went to Karaoke bar.

我們到KTV幫同事慶生。

相似句 We celebrated my colleague's b-day at a Karaoke.

我們到卡拉 OK 慶祝同事生日。

② I like to sing.

我喜歡唱歌。

相似句 I enjoy singing.

我喜歡唱歌。

③ I enjoy singing at a KTV.

我喜歡到KTV唱歌。

相似句 I love going to karaoke.

我喜歡去卡拉 OK。

④ We danced crazily.

我們瘋狂地跳舞。

相似句 We danced like crazy at that night.

我們那天晚上跳舞跳瘋了。

⑤ We were worn out and lying on the sofa in the end.

我們最後都累癱在沙發上。

相似句 We all ended up so tired, and we crashed out on the sofa.

最後我們太累了，都在沙發上睡著了。

Celebrate in KTV

For celebrating my **co-worker**'s birthday, we went to KTV. There are **not only** pop songs to sing **but also** food to eat in KTV. We were singing so **uncontrollably** as to be unable to **hold** our voices down. When serving us cold drinks, the KTV waiter was surprised that we were worn out and **lying** on the sofa.

到KTV去慶祝

為了要替我的同事慶生，我們去KTV唱歌。那裡不只有流行歌曲可以唱，還有東西可以吃。我們唱瘋到無法把聲音壓下來。當服務生拿飲料來的時候，很驚訝地發現我們精疲力盡的累癱在沙發上。

相關單字

co-worker 同事	pop 流行的	hold 控制
lie 躺；臥	bother 打擾	beer 啤酒
loose bowels 拉肚子	uncontrollably 無法控制地	

寫作練習

凱特的生日

    1. 今天是凱特的生日，我們好姊妹們決定要到公司附近的KTV去慶祝。會選擇KTV來慶祝是因為我們可以在那裡大聲唱歌、談天、大笑，都不會打擾到其他人。我在KTV喝了很多啤酒跟咖啡，之後就覺得有點不舒服。我回到家的時候拉肚子了。我最好是不要同時吃熱的跟冷的東西。

Kate's b-day

1. _____. My friends and I decided to go to KTV nearby our company and celebrated it. We chose the KTV because we could sing, talk, and laugh loudly without ***bothering*** anyone. I drank lots of ***beer*** and coffee at KTV and didn't feel well then. I had ***loose bowels*** after arriving home. ***I had better*** not eat hot and cold food at the same time.

解答

1. Today is Kate's birthday.

再多學一點

- **not only ... but also ...**

  不僅……還有……

  ex **Not only** was the Karaoke clean, **but** it **also** had many songs.

  那間 KTV 不僅乾淨，還有很多歌。

- **I had better ...**

  我最好……

  ex **I had better** take a taxi home because I am drunk.

  我最好搭計程車回家，因為我醉了。

---

02 逛夜市

必備單字

night market n. 夜市　**crowded** adj 擠滿人的　**noisy** adj. 吵鬧的

meatball n. 貢丸　　**oyster omelet** n. 蚵仔煎 **snack** n. 小吃

stinky tofu n. 臭豆腐　**grilled sausage** n. 烤香腸

基本句型

・及物動詞用法　S（主詞）＋V（動詞）＋O（受詞）

> ex 及物動詞：**eat** 吃
>
> My sister　ate　some stinky tofu . 我妹妹吃了一些臭豆腐。
> 　主詞　　動詞　　　受詞
>
> **動詞時態變化** eat（現在式）→ *ate*（過去式）。

・不及物動詞用法　S（主詞）＋V（動詞）

> ex 不及物動詞：**browse** 瀏覽
>
> He　browsed　through a night market . 他在夜市隨便逛逛。
> 主詞　　動詞　　　　　補語
>
> **動詞時態變化** browse（現在式）→ *browsed*（過去式）。

練習基本句型！

及物動詞用法 S（主詞）＋V（動詞）＋O（受詞）

・及物動詞：**buy** 購買

_____. 他買了一副眼鏡。

_____　_____　　_____
他（主詞）　　購買（動詞）　　　一副眼鏡（受詞）

動詞時態變化 buy（現在式）→ *bought*（過去式）

Answer：He bought a pair of glasses.

常用短句

① There is a night market near my home.

我家附近有一個夜市。

相似句 There is a night market in my neighborhood.

我家附近有個夜市。

② It's always crowded and noisy.

那裡總是很擠又很吵。

相似句 It's always full of people and noisy there.

那裡總是很多人又很吵。

③ I really love shopping at the night market.

我真的很喜歡逛夜市。

相似句 I am a big fan of night markets.

我超級喜歡逛夜市的。

④ These clothes were attractive.

這些衣服很吸引人。

相似句 These clothes are really worth buying.

這些衣服很值得購買。

⑤ It's a steal!

它真的超便宜的！

相似句 It's unbelievably cheap.

它便宜得不可置信！

Let's go to the night market!

I really love shopping at the night market. Products in the night market are cheaper. I love the ***genuine warmth*** and friendliness in the night market, too. I often eat grilled sausages and stinky tofu in the evening. I always ***net goldfishes*** and play ***darts*** whenever I ***stroll*** about the night market. ***I make a resolution to*** try all the snacks in night markets. Night markets in Taiwan have two characters. One is being crowded, and the other is that they offer lots of snacks.

中譯

走走走，去夜市！

　　我真的很喜歡逛夜市。在夜市裡賣的東西都比較便宜。我也喜歡夜市裡溫暖的人情味。我晚上常吃烤香腸跟臭豆腐。我在夜市閒逛時總是會玩撈金魚和射飛鏢。我決定要吃遍夜市裡所有的小吃！台灣的夜市有兩個特色：一個就是很擠；另一個就是有賣許多小吃。

相關單字

unusual 不尋常的	ornament 飾品	odd 古怪的
genuine 真誠的	warmth 溫暖	net 撈
goldfish 金魚	dart 飛鏢	stroll 閒逛

寫作練習

好吃好吃！

　　我家附近有個夜市。1. 它總是擠滿了人，而且非常的吵。因為今天媽媽沒有煮，所以我去夜市找東西吃。我在一間攤販吃了蚵仔煎和貢丸湯，超級好吃的！！我在回家前還逛了一下服飾店，買了些便宜的衣服。夜市裡不只有食物跟衣服，還有稀奇古怪的飾品跟東西。我真的超喜歡夜市的！

Yummy Yummy!

There is a night market near my home. **1.** _____. I went to the night market for dinner since my mom didn't cook. I ate oyster omelet and meatball soup at a food stand. ***How yummy*** they were! I browsed some clothes stores and bought some cheap clothes before I went home. In the night market, there are not only food and clothes, but also ***unusual ornaments*** and ***odd*** stuffs. I love the night market so much!

解答

1. It's always crowded and noisy.

再多學一點

- **I made a resolution to …**
  我決定要……

  ex **I made a resolution to** loose five kilos.
  我決定要瘦五公斤。

- **How yummy …**
  ……真好吃。

  ex **How yummy** the dim sum was!
  港式點心真好吃！

03

上健身房

必備單字

tight adj. 緊繃的　　**sweat** n. 汗水　　**kilo** n. 公斤

keep v. 保持　　**gym** n. 健身房　　**training** n. 訓練

physical adj. 身體上的

基本句型

・及物動詞用法 S（主詞）＋ V（動詞）＋ O（受詞）

ex 及物動詞：**keep** 保持

My sister could keep her shape. 我妹能維持她的身材。
　主詞　　　　　　動詞　　受詞

動詞時態變化 keep（現在式）→ *kept*（過去式）。

・不及物動詞用法 S（主詞）＋ V（動詞）

ex 不及物動詞：**sweat** 流汗

He sweated. 他流汗了。
主詞　　動詞

動詞時態變化 sweat（現在式）→ *sweated*（過去式）。

練習基本句型！

及物動詞用法 S（主詞）＋ V（動詞）＋ O（受詞）

・及物動詞：**train** 訓練

_____. 他自我訓練。

他（主詞）　　訓練（動詞）　　自我（受詞）

動詞時態變化 train（現在式）→ *trained*（過去式）

Answer：He trained himself.

常用短句

① My body ached all over.

我全身都好痛。

相似句 My muscle felt tight after I worked out all day.

健身一整天後，我的肌肉好緊繃。

② I sweated all over after running.

跑完步後我全身是汗。

相似句 I was drenched in sweat after working out.

健身後，我流汗到全身濕透。

③ I am on a diet.

我在減肥。

相似句 I wouldn't eat food with carbs until I lose 3 kilos.

我不會吃任何含有碳水化合物的食物，直到我減重了 3 公斤為止。

④ I keep my shape well.

我身材保持得很好。

相似句 I keep my body fit by swimming twice a week.

我每星期游泳兩次，保持健美的身材。

⑤ I went to a gym for physical training.

我到健身房去鍛鍊身體。

相似句 I go to a gym for my workout routine.

我去健身房進行規律的鍛鍊。

A coupon of a gym

Gyms **have been popular with** the youth for many years. But I feel the **membership fee** of the gym is too expensive. I got a **coupon** for a gym on my way to the office today, and the discount was rather reasonable. I decided to look at what special discounts the gym would offer tomorrow.

中譯

健身房的折價券

健身房受年輕人的歡迎已經很久了,但是我一直覺得健身中心的會員費太貴了。今天在去上班的路上,我拿到一間健身中心的折價券,而且折扣蠻合理的。我決定明天要去那間健身中心看看有提供什麼特價。

相關單字

the youth 年輕一代	member 成員	charge 收費
coupon 折價券	weight 重量	shape 雕塑
advantage 優點	effort 努力	

寫作練習

拯救身材大作戰

　　1. 我的身材慢慢地走樣。我到健身房去健身。除了要雕塑我的身材曲線之外，另一個好處是可以減輕我的體重。我不希望我在二十歲就開始變得越來越胖，保持身材是很需要時間跟精力的。

Saving my body shape

　　1. _____. I went to a gym for physical training. ***In addition to shaping*** my body, losing ***weight*** is another ***advantage***. I don't want to get fatter and fatter in my early twenties. Keeping a good shape costs time and ***efforts***.

解答

1. My body was changing.

再多學一點

• **have been popular with …** 受……的歡迎很久 **ex** These fitness bikes **have been popular with** ladies. 塑身腳踏車受女性的歡迎很久了。	• **In addition to …** 除了……之外 **ex** **In addition to** working out, Andy went to the gym to meet people. 除了健身之外，安迪去健身房也認識朋友。

04 網咖

必備單字

cyber adj. 電腦的　　**café** n. 咖啡廳　　**access** v. 進入

drink n. 飲料　　**convenient** adj. 便利的　**Internet** n. 網際網路

online game n. 線上遊戲

基本句型

・及物動詞用法 S（主詞）＋ V（動詞）＋ O（受詞）

ex 及物動詞：**offer** 提供

 The cyber café　offered　free drinks . 網咖提供免費飲料。
 　　主詞　　　　　　動詞　　　　受詞

動詞時態變化 offer（現在式）→ *offered*（過去式）。

・不及物動詞用法 S（主詞）＋ V（動詞）

ex 不及物動詞：**type** 打字

 He　typed　quickly . 他打字很快。
 主詞　動詞　副詞（修飾動詞）

動詞時態變化 type（現在式）→ *typed*（過去式）。

練習基本句型！

及物動詞用法 S（主詞）＋ V（動詞）＋ O（受詞）

・及物動詞：**access** 進入

_____ . 我上網。

我（主詞）　　　進入（動詞）　　　網際網路（受詞）

動詞時態變化 access（現在式）→ *accessed*（過去式）

Answer：I accessed the Internet.

常用短句

① There are more and more cyber cafés in Taiwan.

台灣有越來越多的網咖。

相似句 Cyber cafés are everywhere in Taiwan.

網咖在台灣很普遍。

② I accessed the Internet in a cyber café.

我到網咖上網。

相似句 I went to a cyber café and surfed the Internet.

我去網咖上網。

③ It's convenient to go to the cyber café.

到網咖上網很方便。

相似句 Internet café is really convenient.

網咖真的相當方便。

④ My friend spent lots of time playing online games.

我朋友花很多時間在上網玩遊戲。

相似句 My friend was slightly addicted to the online games.

我朋友有點沉迷於線上遊戲。

⑤ The cyber café offers free drinks.

網咖提供免費的飲料。

相似句 They sell food and drinks in the Internet café.

網咖裡會販賣食物和飲料。

短文範例賞析

Tricks

My husband spends lots of time playing online games. But I prefer watching TV than going to a cyber café. I just don't understand why he spends so much time in a cyber café. ***What on earth*** he does there? There must be something ***wrong***. I should ***ambush*** him every so often to ***prevent*** him from playing ***tricks***. Men always play tricks behind their ***wives' backs***.

搞什麼鬼

我老公花了很多時間在玩線上遊戲。但是我喜歡看電視勝過去網咖。我真不了解他為什麼花這麼多時間在網咖。他究竟在做什麼？一定有鬼！我應該要時不時去突襲他，以防他玩什麼花樣。男人都喜歡在他們的老婆背後搞鬼。

相關單字		
wrong 錯誤的	ambush 埋伏	prevent 防止
trick 詭計	back 背後	thirsty 口渴的
in order 為了	wife 妻子（wives：複數）	

寫作練習

去網咖

　　1. 台灣有越來越多的網咖。我今天也去了網咖上網。對很多人來説，去網咖很方便。那裡有很多人都在玩線上遊戲。網咖還提供了免費的飲料，以便大家口渴時不用離開。

Go to the cyber café

1. _____. I accessed the Internet in a cyber café today. It's very convenient for many people to go to cyber café. *There are lots of people* enjoying playing online games in the cyber café. The cyber café offers free drinks *in order* that people don't have to leave when they are *thirsty*.

解答

1. There are more and more cyber café in Taiwan.

再多學一點

• **What on earth …**

究竟……

ex **What on earth** was so fun about online games?

線上遊戲究竟有什麼好玩的？

• **There are lots of people …**

很多人都……

ex **There are lots of people** having meals in the cyber café.

很多人都在網咖吃東西。

聽音樂會

必備單字

classical adj. 古典的　　**row** n. 排　　　　**seat** n. 座位

ticket n. 票券　　　　**concert** n. 演唱會　　**singer** n. 歌手

auditorium n. 觀眾席　**wave** v. 揮舞

基本句型

• 及物動詞用法　S（主詞）＋ V（動詞）＋ O（受詞）

> ex 及物動詞：**scream** 尖叫

<u>People</u>　<u>screamed out</u>　<u>the singer's name</u>.　大家喊著歌手的名字。
主詞　　　　動詞　　　　　　受詞

動詞時態變化 scream（現在式）→ *screamed*（過去式）。

• 不及物動詞用法　S（主詞）＋ V（動詞）

> ex 不及物動詞：**play** 演奏

<u>The cellist</u>　<u>played</u>　<u>well</u>.　那個大提琴家演奏得非常好。
主詞　　　　動詞　　副詞（修飾動詞）

動詞時態變化 play（現在式）→ *played*（過去式）。

練習基本句型！

及物動詞用法 S（主詞）＋ V（動詞）＋ O（受詞）

• 及物動詞：**reserve** 預定

_____. 我預訂了兩張票。

我（主詞）　　　預訂（動詞）　　　兩張票（受詞）

動詞時態變化 reserve（現在式）→ *reserved*（過去式）

Answer：I reserved two tickets.

常用短句

① I like classical music.

我喜歡古典音樂。

相似句 I'm a classical music person.

我喜歡古典音樂。

---

② We had front row seats.

我們坐在前排座位。

相似句 We sat in the front row.

我們坐在前排。

---

③ I got two tickets for free.

我得到兩張免費的門票。

相似句 I had two free tickets.

我有兩張免費的票。

---

④ Seeing this show once is enough.

這個表演看一次就夠了。

相似句 It isn't worth seeing this show twice.

這個表演不值得看兩次。

---

⑤ I reserved two tickets.

我訂了兩張票。

相似句 I booked two seats.

我預留了兩個位置。

Yo-Yo Ma is a genius!

I like classical music. My friend and I went to a concert in National Concert Hall. We had front row seats, which cost us NT 5000 dollars. The concert was a solo played by Yo-Yo Ma, who is an excellent *cellist*. I was moved to tears *at the end of* the concert. I think Yo-Yo Ma is a *genius*.

中譯

馬友友是個天才！

我喜歡古典音樂。我跟我朋友去國家音樂廳聽音樂會，我們坐前排要價5000元台幣的座位。這場音樂會是由馬友友獨奏，他是一位優秀的大提琴家。我聽到最後都感動得落淚了。我認為他真是個天才。

相關單字

cellist 大提琴家	genius 天才	costume 服裝
sumptuous 豪華的	dazzling 燦爛	dump 垃圾場
fluorescent stick 螢光棒		

寫作練習

免費的演唱會門票！

　　1. 我一直都很想去演唱會。我幸運地拿到兩張免費的票。演唱會上，那個歌手的服裝很豪華耀眼，觀眾席的所有人都拿螢光棒揮來揮去，2. 但是在演唱會結束後，地上都是垃圾。那個時候的觀眾席看起來超像垃圾場的。

Concert tickets for free!

　　1. _____. Luckily, *I got* two tickets *for free*. The singer's *costumes* were *sumptuous* and *dazzling* at the concert. Everyone grasped *fluorescent sticks* and waved them in the auditorium. 2. _____ _____. The auditorium looked like a *dump* at that moment.

解答

1. I've always wanted to go to a concert.
2. But after the concert, there was trash all over the ground.

再多學一點

- **I got … for free.**
  我得到免費的……

  ex **I got** two tickets **for free**.
  我得到兩張免費的票。

- **… at the end of …**
  在……的尾聲

  ex The audience clapped their hands so hard **at the end of** the musical.
  聽眾在音樂劇的尾聲時用力鼓掌。

06 郊遊

必備單字

blossom n. 開花（期）　　**spring** n. 春天　　**picnic** n. 野餐

breeze n. 微風　　**comfortable** adj. 舒服的　　**peach** n. 桃子

gentle adj. 和煦的　　**chirp** v.（小鳥）發啁啾聲

基本句型

・及物動詞用法 S（主詞）＋ V（動詞）＋ O（受詞）

ex 及物動詞：**prepare** 準備

<u>My sister</u>　<u>prepared</u>　<u>sandwiches</u>. 我妹妹準備三明治。
　主詞　　　　　動詞　　　　　受詞

動詞時態變化 prepare（現在式）→ *prepared*（過去式）。

・不及物動詞用法 S（主詞）＋ V（動詞）

ex 不及物動詞：**go** 從事……

<u>We</u>　<u>went</u>　<u>picnicking</u>. 我們去野餐。
主詞　　動詞　　　補語

動詞時態變化 go（現在式）→ *went*（過去式）。

練習基本句型！

及物動詞用法 S（主詞）＋ V（動詞）＋ O（受詞）

・及物動詞：**enjoy** 享受

＿＿＿＿＿＿＿＿＿＿＿＿＿＿＿＿＿. 我們欣賞風景。

我們（主詞）　　享受（動詞）　　景色（受詞）

動詞時態變化 enjoy（現在式）→ *enjoyed*（過去式）

Answer：<u>We enjoyed the view.</u>

常用短句

① We went picnicking in Mt. Yang-Ming.

我們去陽明山郊遊。

相似句 We went on a picnic yesterday.

我們昨天去野餐。

---

② There are many birds chirping around in spring.

春天鶯聲燕語。

相似句 The woods resounded with the chirping of birds.

森林裡迴盪著鳥叫聲。

---

③ The scenery was breathtaking.

那是令人讚嘆的風景。

相似句 The scenery was fantastic.

那個景色太令人讚嘆了。

---

④ The trees are in blossom.

樹木正在開花。

相似句 The peach trees blossom out in April.

桃子樹在四月盛開。

---

⑤ There was a nice breeze.

有陣舒服的微風。

相似句 There was only a gentle sea breeze from the south.

那裡只有來自南方溫柔的海風。

Go picnicking!

Spring is a comfortable season. It's warm. My family went picnicking in Mt. Yang-Ming. We had a good time. There are many birds chirping around in spring. **It's really enjoyable to** lie on the **grass** and **appreciate** the beauty of nature.

中譯

去郊遊！

春天真是個舒服的季節。天氣很溫暖。我們家去陽明山郊遊。我們玩得很開心。春天鶯聲燕語。躺在草坪上享受大自然的美，真是享受啊！

相關單字		
grass 草地	appreciate 欣賞	a flock of 一群（羊）
sheep 綿羊	graze （牛、羊等）吃草	behavior 行為
clown 小丑	bleat 咩咩叫（bleated：過去式）	

寫作練習

我的弟弟跟綿羊

今天早晨相當溫暖，天氣很適合出去走走。我們準備了三明治要去野餐。1. 我們爬了兩個小時才到山頂。我們看到一群羊在野地上吃草，而且牠們發出咩咩的叫聲。2. 我弟弟跑去追羊，但是反而被追。他的行為讓我們真的笑翻了。他真的跟小丑一樣好笑。

My brother and the sheep

It's fairly warm in the morning. *The weather was good for us to* go outdoors. We prepared sandwiches for going on a picnic. **1.**___
_____. We saw *a flock of sheep graze* in the field, and they *bleated* in a gentle voice. **2.**___
_____, but he ended up being chased instead. His *behavior* made us nearly split. He was funny enough to be a *clown*.

解答

1. We spent two hours getting to the top of the mountain.
2. My brother chased the sheep

再多學一點

- **It's really enjoyable to**…
  ……真的很享受。

  ex **It's really enjoyable to** go to a hot spring in winter.
  在冬天泡溫泉真的很享受。

- **The weather was good for us to …**
  這樣的天氣很適合……

  ex **The weather was good for us to** go on a picnic.
  這樣的天氣很適合去野餐。

07 畫畫

必備單字

painting n. 繪畫　　**sketch** v. 素描　　**art** n. 藝術

draw v. 畫　　　　**painter** n. 畫家　　**model** n. 模特兒

object n. 物體　　**portrait** n. 畫像

基本句型

• 及物動詞用法 S（主詞）+ V（動詞）+ O（受詞）

ex 及物動詞：**draw** 繪畫

 I 　drew 　a house . 我畫一個房子。
主詞　動詞　　受詞

動詞時態變化 draw（現在式）→ *drew*（過去式）。

• 不及物動詞用法 S（主詞）+ V（動詞）

ex 不及物動詞：**sketch** 快速的描繪

 He 　sketched 　well . 他素描很好。
主詞　　動詞　　　　副詞（修飾動詞）

動詞時態變化 sketch（現在式）→ *sketched*（過去式）。

練習基本句型！

及物動詞用法 S（主詞）+ V（動詞）+ O（受詞）

• 及物動詞：**paint** 繪畫

_____. 我弟弟畫了一隻老虎。

我弟弟（主詞）　　繪畫（動詞）　一隻老虎（受詞）

動詞時態變化 paint（現在式）→ *painted*（過去式）

Answer： My brother painted a tiger.

常用短句

① I am quite talented in painting.

我對繪畫蠻有天份的。

相似句 Painting is my thing.

我對畫畫很在行。

② I drew at my leisure time.

我在空閒時間會畫畫。

相似句 I draw in my free time.

我有空時就畫畫。

③ I want to make progress in painting.

我想在繪畫技巧上取得進步。

相似句 I want to improve my painting skills.

我想要增進我的繪畫技巧。

④ We learned how to sketch in art class.

我們在美術課上學了素描。

相似句 We learned sketching skills in art class.

我們在美術課學了素描的技巧。

⑤ There came a person dispensing the flyers about the sketch class.

有人發了有關素描課的傳單。

相似句 There were people handing out flyers about a sketch class.

有人在發素描課的宣傳單。

Naked model in my art class!

We learned how to sketch in art class. Our teacher found a model as our sketch *object*. The model *took off* all of her clothes. *What an* embarrassing thing it was. Almost all of us *immersed* ourselves *in* sketching, as if there were nobody in front of us.

中譯

美術課的裸體模特兒！

今天我們在美術課學素描。我們老師找了一個人體模特兒來當素描的主題。那個模特兒把她的衣服脫個精光，真的超級尷尬的！大部分的人都沉浸在畫畫中，好像沒有人在我們前面一樣。

相關單字

portrait 肖像　　　　　earn 賺；贏得　　　　professional 專業的

hopeless 沒有希望的　　take off 脫掉（took off：過去式）

immerse ... in 埋首於……（immersed：過去式）

object 物體

寫作練習

我在公園的大冒險

　　1. 我對繪畫挺有天份的。我的朋友跟老師都喜歡我的畫。朋友建議我週末到公園去畫人像。今天我終於股起了勇氣去嘗試，希望能賺一點錢。但是那裡到處都是專業畫家，看來我要靠繪畫維生是不可能的了。

My adventure in the park

1. _____. My friend and my teacher like my paintings very much. Friends suggested that I should paint ***portraits*** for people in a parks on holidays. Today ***I found my courage to*** try it and hoped to ***earn*** some money. But there were ***professional*** painters everywhere in the park, and it was ***hopeless*** for me to make a living by painting.

解答

1. I'm quite talented in painting.

再多學一點

- **I found my courage to …**

　我鼓起勇氣……

　　ex **I found my courage to** tell Tommy that I love him.
　　我鼓起勇氣跟湯米說我愛他。

- **What a/an …**

　多麼……

　　ex **What a** beautiful girl!
　　多麼漂亮的一個女生！

---

08 照相

必備單字

photography n. 攝影　**photo** n. 照片　　　**view** n. 視野

digital adj. 數位的　　　**photographer** n. 攝影師

single-lens reflex camera phr. 單鏡反射照相機；單眼相機

基本句型

• 及物動詞用法 S（主詞）＋ V（動詞）＋ O（受詞）

ex 及物動詞：**take** 拍攝；照相

I　took　a photo . 我照了一張相片。
主詞　動詞　　受詞

動詞時態變化 take（現在式）→ *took*（過去式）。

• 不及物動詞用法 S（主詞）＋ V（動詞）

ex 不及物動詞：**photograph** 瀏覽

He　photographed　very often . 他以前很常照相。
主詞　　　動詞　　　　副詞（修飾動詞）

動詞時態變化 photograph（現在式）→ *photographed*（過去式）。

練習基本句型！

及物動詞用法 S（主詞）＋ V（動詞）＋ O（受詞）

• 及物動詞：**have** 擁有

_____ . 我爸爸曾經有一台單眼相機。

我爸爸（主詞）　擁有（動詞）　一台單眼相機（受詞）

動詞時態變化 have（現在式）→ *had*（過去式）

Answer：My dad had a single-lens reflex camera.

常用短句

① I want to be a photographer one day.

我希望有天能成為一個攝影家。

相似句 Being a photographer has always been my dream.

攝影家是我的夢想職業。

② To improve my photography skills, I joined a photography club.

我參加攝影社讓我的攝影技術精進。

相似句 I joined a photo club to make my photography skills better.

我參加攝影社，好加強攝影技巧。

③ Learning photography costs me a lot of money.

學習攝影花了我很多錢。

相似句 It's costly to learn to take nice photos.

學習拍好照片要花很多錢。

④ Everyone should have a single-lens reflex camera.

每個人應該都要有一台單眼相機。

相似句 Single-lens reflex camera is a must-have for everyone.

每個人都該有一台單眼相機。

⑤ I tried to find a view from different angles.

我試著用不同的角度取景。

相似句 I tried to give my photos the whole new perspectives.

我試著想拍出照片的新視野。

Joining the photography club!

I want to be a photographer one day. To improve my photography skills, I joined a photography *club*. Learning photography costs me a lot of money, but I won't *give up*. *To practice our skills*, our *members* went to Mt. Yang-Ming to take pictures. I tried to find a view from different *angles* in order to get the best picture.

中譯

參加攝影社！

我想要成為一個攝影師。為了要增進我的攝影技巧，我加入了攝影社。學攝影真的花了我很多錢，但是我是不會放棄的。我們的社員到陽明山外拍以練習技巧。我試著從各種不同的角度取景以得到最好的照片。

相關單字		
club 社團	give up 放棄	angle 角度
member 成員	digital 數位的	course 課程
semester 學期	installment 分期付款	invest 投資

寫作練習

我想成為攝影家

　　這學期我在修攝影課。大家都要有單眼相機。我認為擁有一個數位相機也是必備的。1. 它實在是很方便！我只好去打工，來分十二期支付照相機的費用。要成為一個頂尖的攝影師，大量投資是必要的，2. 我還差得遠呢。

My dream of being a photographer

　　I am taking a photography ***courses*** this ***semester***. Everyone should have a single-lens reflex camera. ***I think it is also necessary to*** have a digital camera.1. _____.
I have to work a part-time job to pay for it in twelve ***installments***. It's necessary to ***invest*** a lot before I could become a top photographer, 2. _____.

解答

1. It is really convenient!
2. and there's still a long way for me to go.

再多學一點

- **I think it is also necessary to ...**
  我認為……是必要的。

  ex **I think it is also necessary to** have a good lighting to take good photos.
  我認為要拍好照片，有好光線也是必要的。

- **To practice our skills, ...**
  為了增進我們的技巧，……

  ex **To practice our skills**, we joined a local photography club.
  為了增進我們的技巧，我們加入了本地的攝影俱樂部。

09 學調酒

必備單字

cocktail n. 雞尾酒　　**mix** v. 混合　　**drink** n. 飲料

wine n. 酒　　**wine mixer** n. 調酒師　　**taste** v. 品嚐

glass n. 一杯（酒）　　**mint wine** n. 薄荷酒　　**soda** n. 蘇打水

基本句型

· 及物動詞用法 S（主詞）+ V（動詞）+ O（受詞）

ex 及物動詞：**create** 創造

I created a new drink. 我創造一種新的飲品。

主詞　動詞　　　受詞

動詞時態變化 create（現在式）→ *created*（過去式）。

· 不及物動詞用法 S（主詞）+ V（動詞）

ex 不及物動詞：**taste** 嚐起來

The drink tasted bitter. 這個飲品嚐起來很苦。

主詞　　　動詞　　補語（修飾主詞）

動詞時態變化 taste（現在式）→ *tasted*（過去式）。

練習基本句型！

及物動詞用法 S（主詞）+ V（動詞）+ O（受詞）

· 及物動詞：**learn** 學習

_____. 我學習怎麼調酒。

我（主詞）　　學習（動詞）　　　調酒（受詞）

動詞時態變化 learn（現在式）→ *learned*（過去式）

Answer：I learned wine mixing.

常用短句

① I learned a lot about wine mixing from my uncle.

我從舅舅那裡學到很多關於調酒的知識。

相似句 I get to know so much about mixing cocktails from my uncle.

我從舅舅的身上學到很多雞尾酒調酒的知識。

② The mixed drink is too bitter to taste.

這個調酒苦到難以入口。

相似句 The cocktail you mixed is way too bitter.

你調的調酒太苦了。

③ I'm learning wine tasting.

我在學習品酒。

相似句 There's still so much to learn about wine tasting.

品酒的世界博大精深。

④ To make impressive mixed drinks needs creativity.

要調製出令人印象深刻的調酒需要創意。

相似句 One needs creativity to make an unforgettable cocktail.

要調出令人難忘的雞尾酒是需要創意的。

⑤ I found it interesting when I put something new in wine.

我發現在酒中加入新東西很有趣。

相似句 Wine can taste different but nice when something new is added.

在酒裡加了新東西後，喝起來不僅不一樣，還很不錯。

短文範例賞析

The beginning of the wine-mixing class

My ***uncle*** is a ***wine mixer***. I learned a lot about wine mixing from my uncle. It's the first day of wine-mixing class. ***The teacher asked us to*** mix a ***glass*** of Long Island Tea. I tried to mix different wines, ***as a result***, the mixed wine is too ***bitter*** to taste.

調酒課程開始了

我舅舅是個調酒師。我從他那邊學到很多調酒的知識。今天是調酒課的第一天。老師要求我們調出一杯長島冰茶。我試著要調出不同的調酒，但結果那杯調酒苦得難以下嚥。

相關單字

uncle 舅舅；叔叔	wine mixer 調酒師	glass 一杯
as a result 結果	bitter 苦澀的	imagination 想像
explosion 爆炸	mint 薄荷	

寫作練習

綠色爆炸登場！

1. 我正在學習品酒。2. 要做出令人難忘的調酒需要創意。我發現當我放新的東西到酒裡時，我會覺得很有趣。創造出充滿想像的調酒讓我心情很愉快。我今天調了一種全新的清涼飲料，名叫「綠色爆炸」。主要是由薄荷酒與冰淇淋汽水製成。

Show time! Green Explosion!

1. _____ . 2. _____

_____ . *I found it interesting* when I put something new in wine. Creating mixed drinks full of *imagination* makes me feel happy. I mixed a brand new cold drink named "Green *Explosion*" today. It was basically a mixture of *mint* wine and ice cream soda.

解答

1. I'm learning tasting.
2. To make impressive mixed drinks needs creativity.

再多學一點

• **The teacher asked us to ...**

老師要求我們……

> **ex** **The teacher asked us to** use measuring glass to mix cocktail.
> 老師要求我們在調雞尾酒時要用量杯。

• **I found it interesting ...**

我發現……很有趣。

> **ex** **I found it interesting** that everything tasted lighter with a bit of lemonade.
> 我發現任何東西加了點檸檬汁之後都會變清爽，很有趣。

網路聊天

必備單字

e-mail n. 電子郵件　　**on-line** adj. 在網路上的 **Internet** n. 網際網路
make friends phr. 交朋友 **chat room** phr. 聊天室 **chat** v. 聊天；閒聊
be addicted to ... phr. 對……成癮

基本句型

・及物動詞用法 S（主詞）＋ V（動詞）＋ O（受詞）

> ex 及物動詞：**make** 成為；變成
>
> He　made　friends . 他結交朋友。
> 主詞　 動詞　　受詞
>
> **動詞時態變化** make（現在式）→ *made*（過去式）。

・不及物動詞用法 S（主詞）＋ V（動詞）

> ex 不及物動詞：**chat** 聊天
>
> I　chatted　on-line . 我在網路上聊天。
> 主詞　 動詞　　 副詞（修飾動詞）
>
> **動詞時態變化** chat（現在式）→ *chatted*（過去式）。

練習基本句型！

及物動詞用法 S（主詞）＋ V（動詞）＋ O（受詞）

・及物動詞：**connect** 連結；聯繫

_____. 網路使我能跟外國朋友聯繫。

網路（主詞）　連結（動詞）　我和我外國朋友（受詞）

動詞時態變化 connect（現在式）→ *connected*（過去式）

Answer：The Internet connected my foreign friend and I.

常用短句

① We connect by e-mail.

我們透過電子郵件聯繫。

相似句 We talked via e-mail.

我們透過電子郵件交談。

② There are many ways of making friends.

交朋友的方式有很多種。

相似句 Internet dating can be one way to make friends.

線上配對也可以是一種交朋友的方式。

③ Never had I chatted on-line before.

我之前從來沒有在網路上聊天過。

相似句 I've never had an on-line chat before.

我沒在網路上聊天過。

④ My friend taught me how to chat on-line.

我朋友今天教我如何上網聊天。

相似句 My friend told me how to go to on-line chat rooms.

我的朋友告訴我如何上網聊天。

⑤ My sister is addicted to the Internet.

我妹妹沉迷於網路。

相似句 My sister's got an addiction to the Internet.

我妹妹對網路成癮。

短文範例賞析

A new experience of making friends

There are many ways of making friends. ***Never had*** I chatted on-line before. My friend taught me how to chat on-line. How interesting it was when I began to chat with those ***strangers*** on-line. Only when I went on-line to talk with people did I realize how ***fantastic*** it was to get to know their ***lifestyles***.

中譯

交朋友的新體驗

交朋友的方式有很多種。我從來沒在網路上聊天過。我朋友今天教我怎麼在網路上聊天。當我開始上網跟陌生人聊天時,我覺得相當有趣。只有在網上聊天時,我才知道能瞭解他們的生活型態是很棒的。

相關單字

stranger 陌生人　　　　fantastic 令人驚奇的　　　lifestyle 生活風格

middle-aged 中年的　　experience 經驗　　　　get along with 相處

deceive 欺騙(deceived:過去式)

寫作練習

我妹的網路朋友

    1. 我妹妹沉迷於網路。她每天花四到五個小時上網。2. 她今天甚至還跟網路上的人見面！那個和我妹妹約會的男人說他是大學生，但是其實他根本就是個中年人。這個經驗給了我妹妹一個教訓，她不該花那麼多的時間在網路世界裡，卻不知道在現實生活中該如何與人相處。

My sister's friend on the Internet

    1. _____. **She spends** about four or five hours on surfing the Internet every day. 2. _____
_____.
That man, with whom my sister dated, **deceived** her and said that he was a college student, but in fact, he was a **middle-aged** man. This **experience** taught her a lesson that she shouldn't spend so much time in the cyber world and didn't know how to **get along with** people in the real life.

解答

1. My sister is addicted to the Internet.
2. She even met someone whom she connected with on-line today.

再多學一點

- **Never had I ...**
  我從來沒有……

  ex **Never had I** tried Internet dating before.
  我從來沒有試過網路交友。

- **She spends ... on ...**
  她花……時間在……

  ex **She spends** most of her leisure time **on** having online chats.
  有空時，她花很多時間在網路聊天上面。

11 游泳

必備單字

burning adj. 發熱的　　**scorching** adj. 灼熱的　**summer** n. 夏天

swimming n. 游泳　　**pool** n. 泳池　　　　**float** v. 漂浮

relaxing adj. 放鬆的　**sweat** v. 流汗

基本句型

‧ 及物動詞用法 S（主詞）＋ V（動詞）＋ O（受詞）

ex 及物動詞：**relax** 放鬆

She　relaxed　herself　by swimming. 她游泳使自己放鬆。
主詞　　動詞　　受詞　　　補語

動詞時態變化 relax（現在式）→ *relaxed*（過去式）。

‧ 不及物動詞用法 S（主詞）＋ V（動詞）

ex 不及物動詞：**swim** 游泳

He　swam　last night. 他昨晚游泳。
主詞　動詞　　時間副詞

動詞時態變化 swim（現在式）→ *swam*（過去式）。

> **練習基本句型！**
>
> **及物動詞用法** S（主詞）＋ V（動詞）＋ O（受詞）
>
> ‧ 及物動詞：**splash** 潑濺
>
> _____. 我和弟弟潑水。
>
> 我和我弟弟（主詞）　　　潑濺（動詞）　　水（受詞）
>
> **動詞時態變化** splash（現在式）→ *splashed*（過去式）
>
> Answer：My brother and I splashed water.

常用短句

① It is burning hot through the whole summer.

整個夏天都熱炸了。

相似句 The whole summer is scorching hot.

整個夏天都悶熱不已。

② I went swimming each weekend.

我每個週末都會去游泳。

相似句 I went swimming in the morning to avoid the crowd.

我都在早上游泳，以避開人潮。

③ I believe swimming is the best exercise.

我相信游泳是最好的運動。

相似句 I love swimming because it's safe and mild.

我喜歡游泳，因為游泳既安全又溫和。

④ The swimming pool is crowded with children.

泳池裡都是小朋友。

相似句 Kids are everywhere in the swimming pool.

泳池裡到處都是小朋友。

⑤ It's so comfortable to swim in a swimming pool.

游在泳池中真的很舒服。

相似句 Swimming is nice, and soaking in the water is also relaxing.

游泳很好，泡在水裡也很令人放鬆。

短文範例賞析

SUMMER!!

    This summer is hotter than before, and I'm really afraid of the ***heat***. It is burning hot through the ***whole*** summer. ***Whenever*** it becomes hot, I will sweat all the time. As a result, I like to go swimming during ***summer vacation***. It's so comfortable to swim in a swimming pool in summer!

中譯

夏天！！

    今年的暑假比往年來的熱，而我很怕熱。這整個夏天都熱炸了。只要一變熱，我就全身是汗。所以，我很喜歡暑假的時候去游泳。在夏天去泳池游泳真的很舒服耶！

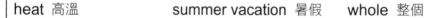

相關單字		
heat 高溫	summer vacation 暑假	whole 整個
sunbath 日光浴	meadow 草地	sun block 防曬乳
peel 脫落；脫皮	splash 潑濺（splashed：過去式）	

寫作練習

巧克力棒！

　　1. 我跟弟弟今天去游泳。大家都在草地上做日光浴。我和弟弟沿著河邊追逐與互相潑水，我們興奮得在那裡待超過三個小時。因為我們沒有擦防曬乳，我們兩人的皮膚開始脫皮。哈哈～我們兩個現在看起來像巧克力棒一樣！！

chocolate bars!

1. _____. There were many people taking a ***sunbath*** on the ***meadow***. My brother and I chased about and ***splashed*** water on each other along the river. We were so excited that we spent more than three hours there. Not applying ***sun block*** to our bodies, we found our skin begin to ***peel***. Ha-ha. Both of us now ***look like*** chocolate bars.

解答

1. I went swimming with my younger brother today.

再多學一點

• **Whenever …, I …**	• **look like …**
我就會……	看起來……
ex **Whenever** my niece came over, I took him to the swimming room. 只要我的侄子來，我就會帶他去游泳池。	**ex** It **looked like** the pool was closed. 看起來游泳池沒開門。

---

12 健行

必備單字

nature n. 自然　　　**leaves** n. 葉子　　　**fall** n. 秋天（美）

autumn n. 秋天（英）　**hiking** n. 健行　　　**cool** adj. 涼爽的

blow v. 吹拂　　　**turn** v. 轉變

基本句型

・ **及物動詞用法 S（主詞）＋V（動詞）＋O（受詞）**

ex 及物動詞：**blow** 吹拂

The wind　blew　the leaves . 風吹起了落葉。
　主詞　　　動詞　　　受詞

動詞時態變化 blow（現在式）→ *blew*（過去式）。

・ **不及物動詞用法 S（主詞）＋V（動詞）**

ex 不及物動詞：**fall** 落下

The leaves　fell . 葉子落下了。
　主詞　　　動詞

動詞時態變化 fall（現在式）→ *fell*（過去式）。

練習基本句型！

及物動詞用法 S（主詞）＋V（動詞）＋O（受詞）

・ 及物動詞：**turn** 使變色

＿＿＿＿＿＿＿＿＿＿＿＿＿＿＿＿＿＿＿＿ . 秋天讓葉子轉紅。

秋天（主詞）　使變色（動詞）　葉子（受詞）　紅色（補語）

動詞時態變化 turn（現在式）→ *turned*（過去式）

Answer : Autumn turned leaves red.

常用短句

① We were fatigued after the long journey.

我們在長途的旅行後感到勞累。

相似句 We got worn out after a long journey.

我們在長途旅行後累翻了。

② I felt closer to nature.

我感到與大自然更貼近。

相似句 I'm a nature lover.

我喜歡大自然。

③ The leaves turned red.

樹葉轉紅。

相似句 The leaves turned yellow in fall.

秋天時，樹葉變成金黃色。

④ It's good to go hiking in fall.

秋天健行很不錯。

相似句 Autumn is the best season for hiking.

秋天是健行的最佳時節。

⑤ It is pretty cool with the breeze blowing around in fall.

秋天微風徐徐感覺很涼。

相似句 I enjoy the easy breeze in fall.

我很享受秋天的微風。

Hiking in fall

It's cool today. It is fall now. It's good to go hiking in fall. The *scenery* we saw during the trip is quite beautiful and *peaceful*. It is pretty cool with the *breeze* blowing around in fall. *It's quite a view to* see those leaves turning red while hiking.

中譯

秋天健行

今天天氣很涼。已經是秋天了。秋天很適合健行，沿途的風景十分美麗又恬靜，秋天的微風徐徐地吹感覺很涼。當健行的時候，看到楓葉轉紅真的是不錯的景致。

相關單字

peaceful 和諧的	breeze 微風	scenery 風景
aged 年邁的	sunshine 陽光	muscular 肌肉上的
pain 疼痛	massage 按摩	

寫作練習

跟阿公去爬山

　　我跟我年邁的阿公去爬山。爬山對他的健康十分有益。雖然已經是秋天了，但是陽光還是很灼熱，<u>1. 我們都玩得很開心，但是也累壞了</u>。為了要維持我的身材，我下次還是會跟阿公去爬山。到家以後我的腳好痠，而且阿公的腳也是，害我好想要來個全身按摩。

Go hiking with grandpa

　　I went hiking with my ***aged*** grandpa. Going hiking ***is very good to*** his health. Although it was fall, the ***sunshine*** was burning hot. **1.** _____,_____. In order to keep a good shape, I will still go hiking with my grandpa next time. My legs got ***muscular pains*** after getting home and so did grandpa's. I really wanted a body ***massage***.

解答

1. We all enjoyed ourselves, but we were tired to death.

再多學一點

- **It's quite a view to see ...**
  ……是個不錯的景致。

   **It's quite a view to see** the city from the hill top.
  從山頂看這座城市的風景真不錯。

- **be very good to ...**
  ……對……十分有益。

  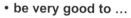 Taking a walk for 20 minutes after dinner every day **is very good to** your health.
  每天晚餐後散步20分鐘對健康有益。

13 出國旅遊

必備單字

travel v. 旅遊   **abroad** adv. 國外的   **foreign** adj. 外國的

trip n. 旅程   **plane** n. 飛機   **delay** v. 延遲

flight n. 航班   **airsick** adj. 暈機的   **turbulence** n. 亂流

基本句型

・及物動詞用法 S（主詞）＋ V（動詞）＋ O（受詞）

ex 及物動詞：**delay** 延遲

<u>The heavy fog</u>   <u>delayed</u>   <u>the flight</u>. 濃霧使班機延遲了。
   主詞   動詞   受詞

動詞時態變化 delay（現在式）→ *delayed*（過去式）。

・不及物動詞用法 S（主詞）＋ V（動詞）

ex 不及物動詞：**travel** 旅行

<u>He</u>   <u>traveled</u>   <u>abroad</u>. 他出國旅行。
主詞   動詞   副詞（修飾動詞）

動詞時態變化 travel（現在式）→ *traveled*（過去式）。

練習基本句型！

及物動詞用法 S（主詞）＋ V（動詞）＋ O（受詞）

・及物動詞：**encounter** 遇到

_____. 飛機遇上亂流。

飛機（主詞）   遇到（動詞）   亂流（受詞）

動詞時態變化 encounter（現在式）→ *encountered*（過去式）

Answer：The airplane encountered turbulence.

常用短句

① I spent a lot of money traveling abroad.

我花很多錢出國旅遊。

相似句 It costs me a lot of money to travel abroad.

出國旅遊花了我很多錢。

② I traveled abroad.

我在國外旅遊。

相似句 I have traveled in some foreign countries.

我曾在幾個國家旅行過。

③ I decided to go on a trip a few weeks ago.

我幾個星期以前決定要去旅行。

相似句 This traveling is kind of a last-minute thing.

這個旅行算是臨時起意的。

④ The plane took off after a delay of two hours.

飛機在兩個小時的誤點後起飛。

相似句 The flight was delayed by two hours.

這班飛機誤點了兩個小時。

⑤ I got airsick when the airplane took off.

飛機一起飛我就暈機了。

相似句 The turbulence made me airsick.

亂流讓我暈機。

短文範例賞析

Being stupid in Paris

I dreamed about travelling abroad. I was sick of work. Therefore, I went travelling. I ***strolled*** in Paris and went to Versailles Palace. While taking a picture, I ***stumbled*** and nearly fell on my face. How ***embarrassed*** I was! I really wish I had ***paid attention to*** the pit in the ground.

中譯

在巴黎耍蠢

我一直都很想要出國旅遊。我好厭倦我的工作,所以我去旅行。我在巴黎街頭閒逛,也去凡爾賽皇宮看看。當我要拍照的時候,不小心絆了一下,差一點就要跌個狗吃屎。真的超尷尬的!我真希望我有注意到地上那個坑洞。

相關單字

embarrassed 尷尬的　　　a few 一些　　　　　luckily 幸運地

flight attendant 空服員　baggage 行李　　　journey 旅程

stroll 閒逛（strolled：過去式）

stumble 絆倒（stumbled：過去式）

寫作練習

旅程

　　幾個星期前我決定要出國旅遊。1. 飛機在延誤兩個小時之後終於起飛了。很幸運地，空服員都很漂亮又親切。飛機一起飛，我就暈機了。飛機一路上都遇到亂流。更慘的是，我下了飛機後，行李又被弄丟了，這真得是一趟令人驚奇的旅程。

The journey

I decided to go on a trip overseas *a few* weeks ago. 1. _____
_____. *Luckily*, the *flight attendants* were very beautiful and kind. I got airsick when the airplane took off. The plane encountered turbulence all the way. *It was even more miserable that* my *baggage* had been lost after I got off the plane. That was really a surprising *journey*.

解答

1. The plane took off after a delay of two hours.

再多學一點

- **paid attention to …**
  注意……

   I **paid attention to** my bag when taking the bus because my wallet was in it.
  我搭公車時注意我的包包，因為我的錢包在裡頭。

- **It was even more miserable that …**
  更慘的是……

  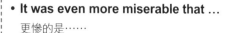 It was even more miserable that I found my passport missing.
  更慘的是，我發現我的護照不見了。

14 泡溫泉

必備單字

freezing adj. 極冷的　　**warm up** phr. 使暖和　　**hot spring** n. 溫泉

bath n. 沐浴　　　　**sulfur** n. 硫磺　　　　**skin** n. 皮膚

cold adj. 冷的

基本句型

• 及物動詞用法 S（主詞）+ V（動詞）+ O（受詞）

ex 及物動詞：**take** 做……行為

My sister　took　a bath . 我妹妹在泡澡。
　主詞　　　動詞　　受詞

動詞時態變化 take（現在式）→ *took*（過去式）。

• 不及物動詞用法 S（主詞）+ V（動詞）

ex 不及物動詞：**increase** 升高

The temperature of my body　increased . 我身體的溫度提高了。
　　　　　主詞　　　　　　　　　動詞

動詞時態變化 increase（現在式）→ *increased*（過去式）。

練習基本句型！

及物動詞用法 S（主詞）+ V（動詞）+ O（受詞）

• 及物動詞：**soak** 浸泡

_____ . 他讓身體浸泡在熱水裡。

他（主詞）浸泡（動詞）他的身體（受詞）在熱水裡（補語）

動詞時態變化 soak（現在式）→ *soaked*（過去式）

Answer：He soaked his body in hot water.

常用短句

① It's freezing today.

天氣真是冷斃了。

相似句 It's freaking cold today.

今天冷翻了。

② I went to the hot spring to warm up my body.

我去泡溫泉讓身體變溫暖。

相似句 My core body temperature increased after I soaked in the hot spring.

泡完溫泉後，我的體溫變高了。

③ I've never been to a spring bath before.

我以前從來沒泡過溫泉。

相似句 I haven't tried hot spring before.

④ Taking a hot spring bath does the skin good.

泡溫泉對皮膚很好。

相似句 Sulfur spring is excellent for your skin.

硫磺溫泉對皮膚很好。

⑤ It's very comfortable to take a hot spring bath in such cold day.

在這種冷天泡溫泉真的很舒服。

相似句 Taking a hot spring bath in cold weather feels so great.

在冷天裡泡溫泉真是太棒了。

短文範例賞析

Hot spring bath

It was ***damn*** cold today. To warm up my body, I went to Wulai hot spring. I've never been to a spring bath before. It was so ***comfortable*** to soak my body in the hot spring that I didn't want to ***get*** my body ***away from*** it.

中譯

泡溫泉

　　今天真是冷斃了。為了讓我的身體溫暖點，我去烏來泡溫泉。我從來都沒有泡過溫泉。當我泡在溫泉裡時，真是太舒服了，以至於我不想要從那裡離開。

相關單字		
comfortable 舒服的	damn 十足的	free 免費
office 工作	experience 經驗	wonderful 完美的
disease 疾病	immediately 馬上地	temperature 溫度

寫作練習

免費但是很噁心

　　溫泉在台灣越來越流行了，**1. 泡溫泉對皮膚很好。**我今天到北投去泡免費的溫泉。在辦公室長時間的工作之後，泡在溫泉裡真的是很棒的經驗。但是我看到有皮膚病的人也下去泡，我覺得實在是太噁心了，我馬上就從池子裡跑出來。而且，那個溫泉的溫度也太熱讓人無法忍受。

Free but disgusting

　　The spring bath is more and more popular in Taiwan. **1. _____**. I took a hot spring for *free* in Pei-Tou today. After long work hours in the *office*, soaking my body in hot spring was a *wonderful experience*. But I saw somebody with skin *disease* soaking in the water, too. *It was so gross that* I got out of the pool *immediately*. Besides, the *temperature* of the hot spring was too hot to bear.

解答

1. Taking a hot spring bath does good to the skin.

再多學一點

- **get away from ...**
  從……離開。

  ex I was so happy that I could finally **get away from** the cloudy city.
  終於能從那座陰鬱的城市離開，我真是太高興了。

- **It was so gross that ...**
  ……太噁心了！

  ex **It was so gross that** the kid peed in the hot spring.
  那個小孩在溫泉裡尿尿，真是太噁心了。

15 學做菜

必備單字

bake v. 烤；烘焙   **broil** v. 煎烤   **practice** v. 練習

grill v. 用（烤架）烤   **cook** v. 烹飪   **supermarket** n. 超市

recipe n. 食譜

基本句型

・及物動詞用法 S（主詞）＋ V（動詞）＋ O（受詞）

ex 及物動詞：**bake** 烘烤

<u>My sister</u> <u>baked</u> <u>a cake</u> . 我妹妹烤蛋糕。
　　主詞　　　　動詞　　　　受詞

動詞時態變化 bake（現在式）→ *baked*（過去式）。

・不及物動詞用法 S（主詞）＋ V（動詞）

ex 不及物動詞：**cook** 烹飪

<u>He</u> <u>cooked</u> <u>well</u> . 他有很好的廚藝。
主詞　　動詞　　副詞（修飾動詞）

動詞時態變化 cook（現在式）→ *cooked*（過去式）。

練習基本句型！

及物動詞用法 S（主詞）＋ V（動詞）＋ O（受詞）

・及物動詞：**broil** 煎烤

_____ . 我煎魚。

我（主詞）　　煎烤（動詞）　　魚（受詞）

動詞時態變化 broil（現在式）→ *broiled*（過去式）

Answer : <u>I broiled the fish.</u>

常用短句

① I baked cookies.

我烘焙餅乾。

相似句 I baked a birthday cake for my niece.

我替小侄子烤了生日蛋糕。

② I broiled the fish.

我煎魚。

相似句 I grilled a pork chop at the party.

我在派對上烤豬排。

③ I practiced cooking a lot.

我練習煮菜。

相似句 I cooked a lot these days.

我最近常常煮菜。

④ I went to the supermarket to buy cooking stuff.

我到超市買烹飪要用的材料。

相似句 I did some shopping for dinner in the supermarket.

我去超市買晚餐要用的材料。

⑤ It is difficult to become a good cook.

要成為一個好廚師很不容易。

相似句 There's no shortcut to become an outstanding cook.

要成為一個出色的廚師沒有捷徑。

There's still a long way to go!

I love eating and cooking. I practiced cooking a lot so I can be a good cook. I went to a ***bookstore*** to buy lots of recipes for cooking better. Before getting home, I went to a supermarket to buy cooking ***stuff***. ***I know it is difficult to*** become a good cook, and there's still a long way for me to go to get the ***qualifications*** of a cook. Mom spent much time teaching me how to cook today. I hope I can cook well enough to prepare a ***feast*** someday.

中譯

我還有段路要走呢！

我很喜歡吃和烹飪。為了要成為一個厲害的廚師，我常常練習煮菜。我去書店買了很多食譜，為了要增進我的廚藝。回家之前我去超市買了一些材料。我知道要成為一個很好的廚師很難，要得到廚師的資格還有一條很長的路要走。媽媽今天花了一些時間教我怎麼煮菜。我希望我的烹飪能力可以好到辦一桌筵席。

相關單字

bookstore 書店	stuff 東西；材料	qualification 資格
feast 筵席	married 結婚的	talent 天分
fiancé 未婚夫	lack 缺乏（lacked：過去式）	

寫作練習

愛情的力量真偉大

　　我姊姊下個月要結婚了。1. 愛情的力量真偉大。她以前根本就不下廚的，但是她上個月還上了烹飪課。經過一個月，還是不見成果，她應該是缺乏烹飪的天分。她連炒蛋都會弄到燒焦，我覺得她根本就沒學到任何東西。難怪她未婚夫都不吃她煮的東西。2. 我建議他們直接出去吃，這樣比較省時間跟精力。

Love has a great power

My sister will get **married** next month. **1.** _____ _____. She never cooked before, but she even took a cooking class last month. After one month, she still didn't make any achievements. I thought she **lacked** a **talent** for cooking. She made fried egg but burned it. I feel she learned nothing from the class. **No wonder** her **fiancé** never eats what she cooks. **2.** _____ _____. It saves time and efforts.

解答

1. Love has a great power.
2. I suggest that they should eat out.

再多學一點

- **I know it is difficult to …**
  我知道……很難。

  ex **I know it is difficult to** dice carrots.
  我知道要把胡蘿蔔切丁很難。

- **no wonder …**
  難怪……

  ex **No wonder** he cried every time he made this soup. It was an onion soup.
  難怪他每次煮這道湯時都會哭。這是洋蔥湯啊。

戀愛這回事 3

RTI

01 追求

必備單字

date n. 約會

mind n. 心裡；心情

heart n. 心；愛心

love letter phr. 情書

privacy n. 隱私

forever adv. 永遠地

compare v. 匹敵

lover n. 愛侶

kiss v. 親吻

基本句型

・及物動詞用法　S（主詞）＋ V（動詞）＋ O（受詞）

ex 及物動詞：**love** 愛戀

 I love you . 我愛你。
主詞　動詞　受詞

動詞時態變化 love（現在式）→ *loved*（過去式）。

・不及物動詞用法　S（主詞）＋ V（動詞）

ex 不及物動詞：**walk** 走路

 We walked in the park.
主詞　動詞　　地方副詞

動詞時態變化 walk（現在式）→ *walked*（過去式）。

練習基本句型！

及物動詞用法 S（主詞）＋ V（動詞）＋ O（受詞）

・及物動詞：**write** 書寫

_____. 我寫了一封情書。

我（主詞）　　寫（動詞）　　一封情書（受詞）

動詞時態變化 write（現在式）→ *wrote*（過去式）

Answer：I wrote a love letter.

常用短句

① I tried to ask Mary out.

我試著約瑪麗出去。

相似句 I tried to ask Mary on a date.

我試著約瑪麗去約會。

---

② I wrote a love letter to John.

我寫情書給約翰。

相似句 John can know how much I love him as he gets the love letter.

約翰可以從情書裡知道我有多愛他。

---

③ I told Sam that no one can compare with him in my mind.

我告訴山姆他在我心中無人能比。

相似句 I told Sam he's the one.

我告訴山姆他是我的唯一。

---

④ For enjoying our own privacy, we went to a park.

為了有隱密空間，我們去公園。

相似句 We dated in a park for enjoying private space.

我們去公園約會，享受獨處時光。

---

⑤ We walked in the park and enjoyed some quality time.

我們在公園散步，享受些許美好的時光。

相似句 We took a walk in the park, sharing some quality time with each other.

我們在公園裡散步，享受我們生活中的美好時光。

The day John and I are together

There are many ways of showing affection to our lovers. ***I fell in love with*** John. Therefore, I wrote a love letter to him. In the letter, I told him that no one can ***compare*** with him in my mind. At the end of the letter, I ***drew*** a heart for ***expressing*** my love. After ***receiving*** the letter, John was so touched that he said that he would love me forever.

中譯

我跟約翰在一起的日子

有很多向情人表達愛意的方法。我愛上約翰了，所以我寫了一封情書給他。在信中，我說在我心中沒有任何人可以跟他相比。我在信的尾端畫上愛心，以表達我的愛。約翰收到信以後很感動，說他會永遠愛我。

相關單字

compare 相比；匹敵　　draw 畫（drew：過去式）　　express 表達

receive 收到　　cold shoulder 冷漠相待　　hug 擁抱

department store 百貨公司

寫作練習

心碎的日子

　1. 瑪莉是我的同學，我希望她當我女朋友。 2. 我試著要約她去看電影。雖然我很努力，瑪莉卻還是不理我。當我今天在百貨公司逛街的時候，我碰巧看見她。有一個很高很帥的男人正在和她擁吻，噢！我的心都碎了……

A heartbreaking Day

1. _____

_____. **2.** _____. Although I tried very hard, Mary always gave me the ***cold shoulder***. When I shopped in a ***department store*** today, I happened to meet Mary. A guy, who was tall and handsome, was ***hugging*** and kissing Mary. My heart was broken.

解答

1. Mary was my classmate and I wanted her to be my girlfriend.
2. I tried to invite her to see a movie together.

再多學一點

- **I happened to …**

  我碰巧……

  ex **I happen to** be in the same Chemistry class with her.

  我碰巧和她一起上同一堂化學課。

- **I fell in love with …**

  我愛上……

  ex **I fell in love with** him at first sight.

  我愛上他了，一見鍾情。

02 約會

必備單字

embrace v. 擁抱　　**valentine** n. 情人　　**feast** n. 大餐

date n. 約會　　**couple** n. 情侶；一對　**hug** v. 擁抱

together adj. 一起的　**beloved** adj. 摯愛的；親愛的

基本句型

・及物動詞用法 S（主詞）＋ V（動詞）＋ O（受詞）

ex 及物動詞：**embrace** 擁抱

<u>Me</u>　<u>embraced</u>　<u>each other</u> . 我們擁抱彼此。
主詞　　　動詞　　　　受詞

動詞時態變化 embrace（現在式）→ *embraced*（過去式）。

・不及物動詞用法 S（主詞）＋ V（動詞）

ex 不及物動詞：**cuddle** 依偎

<u>The twins</u>　<u>cuddled</u>　<u>together</u> . 那對雙胞胎依偎在一起。
主詞　　　　動詞　　　副詞（修飾動詞）

動詞時態變化 cuddle（現在式）→ *cuddled*（過去式）。

練習基本句型！

及物動詞用法 S（主詞）＋ V（動詞）＋ O（受詞）

・及物動詞：**watch** 觀看

_____ . 我們看夜景。

我們（主詞）　　觀看（動詞）　　夜景（受詞）

動詞時態變化 write（現在式）→ *wrote*（過去式）

Answer：We watched night scenes.

常用短句

① She is my beloved one.

她是我的摯愛。

相似句 She's the love of my life.

她是我此生的摯愛。

---

② We embraced each other.

我們互相擁抱。

相似句 He gave me a hug before we said goodbye.

說再見前，他給了我一個擁抱。

---

③ John invited me to have a Valentine's Day feast.

約翰請我吃情人節大餐。

相似句 We had a Valentine's Day dinner today.

我們今天去吃情人節晚餐。

---

④ I have a date with him tonight.

我和他今晚要約會。

相似句 We are going on a date tonight.

我們今晚要約會。

---

⑤ We've been dating for five years.

我們在一起五年了。

相似句 We've been seeing each other for five years.

我們在一起已經五年了。

My date with Jane

I wanted to date with Jane. I took Jane to a mountain to watch ***night scenes***. In the mountains were lots of couples watching night scenes. Stars were ***shining***, but the ***atmosphere*** was not good enough. Jane and I ***decided*** to find a ***quieter*** place to get to know each other more. The night scenes were so beautiful that we just sat there ***cuddling*** each other to enjoy the ***serenity*** of it.

中譯

我和珍的約會

　　我想要跟珍約會。我帶她到山上賞夜景。那裡有很多對看夜景的情侶。星星閃耀但氣氛不夠好。我跟珍決定要到一個比較安靜的地方多瞭解彼此。夜景實在是太美了，我們就這樣坐在那裡依偎在彼此懷裡，享受夜景的寧靜。

相關單字

night scene 夜景	shining 閃耀的	atmosphere 氣氛
quieter 比較安靜的	cuddle 親熱地摟住	serenity 寧靜
floor （樓房的）層	meal 餐點	propose 求婚

寫作練習

專屬情人大餐

　　約翰邀我一起享用情人節大餐。那個餐廳在42層樓。餐點很好吃而且服務生服務得很好。都市的閃耀燈火好比是天上的星星，讓我看得好開心。1. 到今年底我們就在一起五年了，如果他跟我求婚，2. 我一定會馬上答應。

Valentine's feast

　　John ***invited me*** to have a Valentine's Day feast. The restaurant was on the 42nd ***floor*** of a building. The ***meal*** tasted great and the waiter there offered good service. The shining lights in the city looked like stars in the sky, and it made me happy. **1.** _____ _____,_____. If John ***proposes*** to me, **2.** _____ .

解答

1. By the end of the year, we'll have been together for five years.
2. I will say yes right away.

再多學一點

<table>
<tr><td>

- **... decided to ...**

  決定要……

  ex We **decided to** go to the movies because the exhibition wasn't interesting.

  我們決定要去看電影，因為展覽並不有趣。

</td><td>

- **... invited me to ...**

  邀請我……

  ex Jason **invited me** to his private party.

  傑森邀請我參加他的私人派對。

</td></tr>
</table>

03 吵架

必備單字

quarrel n. 爭吵　　**suspicious** adj. 可疑的 **cheat** v. 欺騙

hardly adv. 幾乎不…… **jealous** adj. 忌妒的　　**relationship** n. 感情

shout v. 吼叫　　**communicate** v. 溝通

基本句型

・及物動詞用法 S（主詞）＋ V（動詞）＋ O（受詞）

ex 及物動詞：**share** 分享

My boyfriend and I　shared　interesting things　with each other .
　　主詞　　　　　　動詞　　　　受詞　　　　　　補語

我男友和我會互相分享有趣的事物。

動詞時態變化 share（現在式）→ *shared*（過去式）。

・不及物動詞用法 S（主詞）＋ V（動詞）

ex 不及物動詞：**shout** 吼叫

They　shouted　loudly . 他們大吼大叫。
主詞　　動詞　　副詞（修飾洞詞）

動詞時態變化 shout（現在式）→ *shouted*（過去式）。

練習基本句型！

及物動詞用法 S（主詞）＋ V（動詞）＋ O（受詞）

・及物動詞：**cheat** 欺騙

_____ . 他欺騙他的老婆。

他（主詞）　欺騙（動詞）　他的老婆（受詞）

動詞時態變化 cheat（現在式）→ *cheated*（過去式）

Answer : He cheated his wife.

常用短句

① I had quarrels with my boyfriend all the time.

我跟我男友常常吵架。

相似句 All my boyfriend and I did was arguing.

我和男朋友總是爭吵。

② My boyfriend canceled our dates abruptly very often.

我男友總是臨時取消我們的約會。

相似句 My boyfriend called off our date very often.

我男友常常取消我們的約會。

③ My boyfriend was suspicious.

我的男友很可疑。

相似句 I have a feeling that my boy friend is cheating on me.

我覺得我男朋友有了別的女人。

④ I get jealous easily.

我很容易嫉妒。

相似句 I am just a jealous person.

我就是個善妒的人。

⑤ My boyfriend didn't even care about me.

我男朋友根本不在乎我。

相似句 My boyfriend hardly spends any time with me.

我男朋友根本不花時間陪我。

They quarrel AGAIN!!

The ***newly-married*** couple upstairs quarreled again. ***They seemed to*** get along very well whenever I saw them. I thought they loved each other very much and had a good way of communicating with one another. But they often shouted at each other loudly and ***threw*** things about at midnight. For them, maybe quarreling is the best way to ***develop*** their relationship. But I can't ***tolerate*** the noise they made.

中譯

他們又吵架了！！

樓上那對新婚夫婦又在吵架。我每次看到他們都覺得他們感情很好，我覺得他們一定是深愛著對方，而且有很好的溝通方式。但是他們常常會在深夜大吵又亂丟東西，也許對他們來說，爭吵也是一個建立感情的方式。但是我真的不能忍受他們造成的噪音。

相關單字

whether 是否……	due to 因為	attention 注意力
newly-married 新婚的	upstairs 樓上的	tolerate 忍受
develop 發展；使健全	throw 丟；擲（threw：過去式）	

寫作練習

一通他公司打來的電話

　　1. 我總是在跟我男朋友吵架。我不知道他是否真的愛我，而且令我抓狂的是，他總是取消我們的約會。他下午又因為一通他公司打來的電話，就直接取消掉我們的約會，我真的超生氣的，他根本就沒有在關心我啊！我決定要三天不跟他講話了。

A call from his company

1. _____. I don't know **whether** he loves me or not. ***What drove me crazy was*** that he canceled our dates very often. He canceled our date again ***due to*** a phone call from his company in the afternoon. I was so angry because I felt he didn't pay much ***attention*** to me! I am not talking to him for next three days.

解答

1. I had quarrels with my boyfriend all the time.

再多學一點

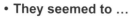

• **They seemed to …**

他們好像……

　ex **They seemed to** have a fight. I hadn't seen them talking for days.

　他們好像吵架了。我好幾天沒看見他們交談了。

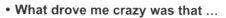

• **What drove me crazy was that …**

令我抓狂的是……

　ex **What drove me crazy was that** he said that it was my fault.

　令我抓狂的是他說這是我的錯。

04

分手

必備單字

broken adj. 受傷的 　　**bitter** adj. 苦澀的 　　**abandon** v. 拋棄

sleepless adj. 失眠的 　　**cheat** v. 欺騙 　　**piece** n. 碎片

dejected adj. 情緒低落的 **break up with…** phr. 跟……分手

基本句型

• 及物動詞用法 S（主詞）＋ V（動詞）＋ O（受詞）

ex 及物動詞：**abandon** 拋棄

My boyfriend　abandoned　me . 我男朋友拋棄我。
　主詞　　　　　動詞　　　受詞

動詞時態變化 abandon（現在式）→ *abandoned*（過去式）。

• 不及物動詞用法 S（主詞）＋ V（動詞）

ex 不及物動詞：**lie** 撒謊

He　lied　all the time . 他總是在撒謊。
主詞　動詞　　補語

動詞時態變化 lie（現在式）→ *lied*（過去式）。

練習基本句型！

及物動詞用法 S（主詞）＋ V（動詞）＋ O（受詞）

• 及物動詞：**break** 破壞；使傷心

_____. 他傷了我的心。

他（主詞）　破壞（動詞）　　我的心（受詞）

動詞時態變化 break（現在式）→ *broke*（過去式）

Answer：He broke my heart.

常用短句

① My heart was broken.

我的心碎了。

相似句 My heart was broken into pieces.

我的心碎成一片一片的了。

---

② Love is sweet but bitter.

愛情甜蜜卻又苦澀。

相似句 Love is bittersweet and just irresistible.

愛情既甜蜜又苦澀,簡直無法抗拒。

---

③ I was abandoned.

我被拋棄了。

相似句 My boyfriend bailed on me.

我男友拋棄我。

---

④ I was more dejected than sad and was sleepless.

我心碎不已且無法入眠。

相似句 I had trouble sleeping because I couldn't help thinking about it.

我睡不著,無法停止想那件事。

---

⑤ My boyfriend had a crush on another girl.

我男朋友喜歡上別的女生了。

相似句 I could tell that my boyfriend was cheating on me.

我察覺得到男朋友在偷吃。

He said that we should…

John told me he would break up with me. We have been dating for more than three years. I was more dejected than sad and was sleepless. He said that he would break up with me because he had a ***crush*** on another girl. Though I still love him, I wanted him to treat me more seriously and show more ***respect*** to me. ***This is the fifth time*** he has broken up with me. He liked other girls before and we broke up many times. Usually we ***made up***; however, this time I don't want to ***forgive*** him.

中譯

他說我們應該……

　　約翰說要跟我分手。我們已經在一起超過三年了。我心碎不已以致無法入眠。他說他愛上了其他的女生才要跟我分手。雖然我很愛他，但是我希望他對我認真一點、尊重一點。這是第五次他說要分手。之前他也曾經喜歡過別的女生。通常我們都會復合，然而，這次我不想原諒他。

相關單字		
mood 心情	provoke 挑釁	avoid 避免
crush 迷戀	respect 尊重	make up 復合
forgive 原諒	lovely 可愛的	surprise 驚訝

寫作練習

怎麼會……

　　1. 我哥哥居然跟曼蒂分手了，曼蒂是個很可愛又親切的好女孩。我好驚訝，因為他們在一起已經五年了。我確定曼蒂一定是受不了我哥哥古怪的脾氣。雖然我哥哥心情很不好，但是我還是想要跟曼蒂當好朋友。我最好是不要去惹我哥，以免自找麻煩。

How come...

　　1. _____. Mandy is a cute and ***lovely*** girl. To my ***surprise***, they ended their relationship having lasted five years. I'm sure that she ***couldn't put up with*** my brother's odd temper anymore. Though my brother was in a bad ***mood***, I still wanted to be Mandy's friend. I had better not ***provoke*** him in order to avoid getting myself into trouble.

解答

1. My brother broke up with Mandy unexpectedly.

再多學一點

- **This is the fifth time …**
  這是……第五次……
  ex **This is the fifth time** that she cheats on me.
  這是她第五次出軌。

- **couldn't put up with …**
  沒辦法忍受……
  ex After Christmas, she told me she **couldn't put up with** my family.
  聖誕節之後，她說她沒辦法忍受我的家人。

上學二三事 **4**

RTi

01 上語言課

必備單字

English n. 英文　　**Japanese** n. 日文　　**score** n. 分數

homework n. 功課　　**oral** adj. 口頭的　　**practice** v. 練習

fluently adv. 流利地　　**doze off** phr. 打瞌睡

基本句型

• 及物動詞用法 S（主詞）＋ V（動詞）＋ O（受詞）

> ex 及物動詞：**practice** 練習
>
> My sister　practiced　English speaking . 我妹妹練習英文口說。
> 　　主詞　　　動詞　　　　　　受詞
>
> **動詞時態變化** practice（現在式）→ *practiced*（過去式）。

• 不及物動詞用法 S（主詞）＋ V（動詞）

> ex 不及物動詞：**speak** 說出
>
> He　spoke　loudly . 他大聲地說。
> 主詞　動詞　副詞（修飾動詞）
>
> **動詞時態變化** speak（現在式）→ *spoke*（過去式）。

> **練習基本句型！**
>
> **及物動詞用法** S（主詞）＋ V（動詞）＋ O（受詞）
>
> • 及物動詞：**finish** 完成
>
> _____. 他完成他的作業。
>
> 他（主詞）　　完成（動詞）　　他的作業（受詞）
>
> **動詞時態變化** finish（現在式）→ *finished*（過去式）
>
> Answer：He finished his homework.

常用短句

① I went to the English class tonight.

我今天晚上去上英文課。

相似句 I had the English class tonight.

我今晚有英文課。

② I got a good score.

我得到了好成績。

相似句 My score was not bad.

我的成績還不錯。

③ I didn't finish my homework.

我沒完成我的回家作業。

相似句 I couldn't finish my homework.

我沒能完成回家作業。

④ I dozed off in class.

我上課時打瞌睡。

相似句 I fell asleep in Chemistry class.

我在化學課睡著了。

⑤ I will never ever burn the midnight oil.

我以後絕不會再熬夜了。

相似句 I'm not staying up late anymore.

我絕對不會再熬夜了。

Learning Japanese

We practiced speaking on the Japanese class today. At first, I didn't speak loudly because of my *poor* Japanese proficiency. *By practicing again and again*, I *dared* to speak loudly. The teacher is very kind and has a lot of *patience*. I think if I practice Japanese more, I will speak Japanese more fluently.

中譯

學日文

我們今天在日文課上練習口語表達。一開始我沒有講很大聲，因為我的日文很爛。但經過一次又一次的練習後，我終於敢大聲地講出日文。老師人真的很好又有耐心。我認為如果我多練習，我就能把日文講得更順。

相關單字

poor 貧乏的；不充足的　　dare 敢（dared：過去式）　　patience 耐性

snore 打鼾　　grind 磨牙

burn the midnight oil 熬夜

寫作練習

我竟然在英文課睡著了

1. 我今天晚上去上英文課，但是很糗的是我在課堂上打瞌睡了。老師突然叫我的名字，然後我就從我的美夢驚醒。他說上課其實是可以睡覺的，但是不要大聲打呼又磨牙。我絕對不會再熬夜了，我發誓我會更努力唸英文。

I fell asleep in the English class

1. _____. ***It was embarrassing that*** I dozed off during the class. The teacher called my name suddenly, and I woke up from my sweet dream. He said that it was all right to sleep in class, but I should never ***snore*** loudly and ***grind*** my teeth when sleeping. I will never ever ***burn the midnight oil***. I swear I will study English harder.

解答

1. I went to the English class tonight.

再多學一點

• **By practicing again and again …**
經過一次又一次的練習……

> ex **By practicing again and again,** I could finally speak fluently in Spanish.
> 經過一次又一次的練習，我終於能說流利的西班牙語。

• **It was embarrassing that …**
很糗的是……

> ex **It was embarrassing that** I pronounced the teacher's last name wrong.
> 很糗的是，我唸錯老師的姓氏。

02 考試

必備單字

nervous adj. 緊張的　　**test** n. 考試　　**pass** v. 通過

fail v. 失敗於……　　**rank** v. 排名　　**study** v. 讀書

study plan n. 讀書計畫　　**mid-term exam** phr. 期中考

基本句型

• 及物動詞用法　S（主詞）+ V（動詞）+ O（受詞）

> ex 及物動詞：**have** 有
>
> <u>My sister</u>　<u>had</u>　<u>a test</u>. 我妹妹有個考試。
> 　主詞　　　動詞　　受詞
>
> **動詞時態變化** have（現在式）→ *had*（過去式）。

• 不及物動詞用法　S（主詞）+ V（動詞）

> ex 不及物動詞：**rank** 排名
>
> <u>She</u>　<u>ranked</u>　<u>third</u>. 她排第三名。
> 主詞　　動詞　　　補語
>
> **動詞時態變化** rank（現在式）→ *ranked*（過去式）。

練習基本句型！

及物動詞用法 S（主詞）+ V（動詞）+ O（受詞）

• 及物動詞：**hurry** 催促

　　　　　　　　　　　　　　　　　　　. 我媽媽催促我。

我媽（主詞）　　催促（動詞）　我（受詞）

動詞時態變化 hurry（現在式）→ *hurried*（過去式）

Answer：My mom hurried me.

常用短句

① The mid-term exam is coming.

期中考到了。

相似句 The midterms are coming up in a week.

期中考在幾天內就要到了。

② I am too nervous to sleep tonight.

我今晚很緊張所以睡不著。

相似句 I'm so nervous that I couldn't sleep.

我好緊張，睡不著。

③ I have a test tomorrow.

我明天有考試。

相似句 The test is coming tomorrow.

明天就要考試了。

④ I didn't pass the exam.

我沒通過考試。

相似句 I failed the midterm.

我期中考沒過。

⑤ I ranked the third.

我排名第三。

相似句 I got the third place.

我得到第三名。

Sleepless at night

The mid-term exam is coming. I am ***too*** nervous ***to*** sleep tonight, so I studied ***in front of*** the desk all night. I really wished I had studied harder before; maybe I would not be so nervous tonight. I will make a better study plan for the ***final exam***.

中譯

晚上睡不著

明天就要期中考了。我緊張到今晚沒辦法睡覺,所以我只好繼續唸書唸了整晚。我真的很希望我之前有好好讀書,也許我就不會在前一晚這麼緊張了。我之後會好好做個讀書計畫表以應付期末考。

相關單字

in front of 在……前面　　final exam 期末考　　examination 測驗

familiar 熟悉的　　　　　textbook 教科書

hurry 趕著去……(hurried:過去式)

寫作練習

答案都沒出現在我夢裡

　　1. 我今天起得比較晚，所以我直接搭計程車趕到考場。考試題目看起來好熟悉，好像在昨晚的夢裡有出現過。但是最傷心的點是，我根本就沒有夢到答案啊！2. 我真的很擔心我沒有通過考試。我不想再花一年讀那些無聊透了的教科書。

The answers didn't show up in my dream

　　1. _____. And I ***hurried*** to the exam room by taxi. The examination questions were quite ***familiar***, and it seemed that they had showed up in my dream last night. But ***the saddest thing was that*** I didn't dream of the answers in my dream. **2.** _____ _____. I don't want to spend another year studying those boring ***textbooks***.

解答

1. Today I woke up late.
2. I'm worried about not passing the exam.

再多學一點

- **too ... to ...**
  太⋯⋯以至於無法⋯⋯

  ex I was **too** sick **to** take the exam.
  我病得太重以至於無法參加考試。

- **The saddest thing was that ...**
  最傷心的是⋯⋯

  ex The saddest thing was that I worked so hard but still ended up with the third place.
  最傷心的是，我這麼努力卻只得到第三名。

03 社團活動

必備單字

social club phr. 社團活動　　**college** n. 大學　　**student** n. 學生

friend n. 朋友　　**name tag** phr. 名牌　　**number** n. 號碼

address n. 地址　　**horsemanship** n. 馬術　　**join** v. 加入

基本句型

• 及物動詞用法　S（主詞）＋ V（動詞）＋ O（受詞）

ex 及物動詞：**join** 參加

 I 　 joined 　 a social club . 我加入社團。
主詞　　動詞　　　　受詞

動詞時態變化 join（現在式）→ *joined*（過去式）。

• 不及物動詞用法　S（主詞）＋ V（動詞）

ex 不及物動詞：**laugh** 笑

 Everybody 　 laughed . 大家笑了。
　　主詞　　　　　動詞

動詞時態變化 laugh（現在式）→ *laughed*（過去式）。

練習基本句型！

及物動詞用法 S（主詞）＋ V（動詞）＋ O（受詞）

• 及物動詞：**know** 認識

_____. 我們認識對方。

我們（主詞）　　認識（動詞）　　對方（受詞）

動詞時態變化 know（現在式）→ *knew*（過去式）

Answer : We know each other.

常用短句

① I happened to know her.

我碰巧認識她。

相似句 We already knew each other.

我們早就認識了。

② He cut in our talk.

他打斷我們的對話。

相似句 He interrupted our conversation.

他打斷我們的談話。

③ Social clubs are important to a college student.

社團對一個大學生來說很重要。

相似句 College students care a lot about social clubs.

大學生很在意社團。

④ I joined a social club to make friends.

我參加社團來認識朋友。

相似句 I joined a social club so I can meet people.

我參加社團，這樣我就可以認識新朋友。

⑤ There was a name tag on everyone's clothes.

每個人的衣服上都有名牌。

相似句 Everyone's got a name tag on their clothes.

每個人衣服上都有一個名牌。

Making friends in a social club

Social clubs are important to a college student. I joined a social club to make friends. *I was excited when* I went to a social club. People there were *friendly* and *talkative*, and I had a good time. There was a name tag on everyone's clothes so that we could know each other. We left our telephone numbers and addresses so that we could *contact* each other after the club.

中譯

社團課認識新朋友

社團活動對一個大學生來說很重要。我加入一個社團來認識朋友。當去到社團的時候，我好興奮。大家都很親切又健談，我有個很愉快的時光。大家的衣服上都有名牌以方便認識彼此，我們留下了彼此的電話號碼和地址，這樣社團課後我們就能聯絡了。

相關單字

friendly 友善的	talkative 健談的	contact 聯絡
horsemanship 馬術	burst into laughter 放聲大笑	
outstanding 傑出的	establish 建立（established：被動式）	

寫作練習

絕對不再去騎馬社了！！

　　我想要參加一個特別的社團。騎馬社成立了。我邀請約翰跟我一起參加，但是他拒絕我。我覺得我很厲害，而且想要展現我高超的技巧，<u>1. 但是卻被馬追</u>。旁邊圍觀的人放聲大笑，我卻幾乎要哭出來了。<u>2. 我朋友跟我説，我把自己弄得像白痴一樣。</u>我下次要選個簡單一點、靜一點的活動。待在室內會是個更好的選擇。

Never go to the horsemanship club AGAIN!!

　　I wanted to join a special club. The ***horsemanship*** club was ***established***. ***I invited*** John ***to*** join the club with me, but he didn't want to. I thought I was outstanding and wanted to show my excellent skill. **1.** _____. People around ***burst into laughter***, but I laughed on the wrong side of my face. **2.** _____ _____. Next time, I will try something easier and calmer. Staying indoors will be a better choice.

解答

1. but I was ran after by a horse.
2. My friend told me that I had made a fool of myself.

再多學一點

• **I invited ... to ...**

　我邀請誰去……

> **ex** **I invited** my roommate **to** the party held by the club.
> 我邀請室友去社團辦的派對。

• **I was excited when ...**

　當……時，我很興奮

> **ex** **I was excited when** I saw them playing guitar on stage.
> 當看到他們在台上表演吉他時，我很興奮。

04 運動會

必備單字

championship n. 冠軍 **feet** n. 腳（foot的複數） **game** n. 比賽

warm up phr. 暖身 **leap** v. 跳躍 **run** v. 跑步

athlete n. 運動員 **track-and-field race** phr. 田徑賽

基本句型

• 及物動詞用法 S（主詞）+ V（動詞）+ O（受詞）

ex 及物動詞：**win** 贏得

 I won the championship . 我贏得冠軍。
主詞 動詞　　　　受詞

動詞時態變化 win（現在式）→ *won*（過去式）。

• 不及物動詞用法 S（主詞）+ V（動詞）

ex 不及物動詞：**run** 奔跑

 I run fast . 我跑得很快。
主詞 動詞　副詞（修飾動詞）

動詞時態變化 run（現在式）→ *ran*（過去式）。

練習基本句型！

及物動詞用法 S（主詞）+ V（動詞）+ O（受詞）

• 及物動詞：**hurt** 使⋯⋯受傷

_____ . 過度的運動使我的腳受傷。

　過度運動（主詞）　　使⋯受傷（動詞）　　我的腳（受詞）

動詞時態變化 hurt（現在式）→ *hurt*（過去式）

Answer：Too much exercise hurts my feet.

常用短句

① I won the championship.

我得到冠軍。

相似句 I am the champion of the game.

我是比賽的冠軍。

② Too much exercise hurts my feet.

太多的運動使我的腳受傷。

相似句 My feet get hurt for too much exercise.

運動過度會弄傷我的腳。

③ I warmed up before leaping.

我在跳之前有先暖身。

相似句 I do warm-up exercise before I take a leap.

我在跳之前會先暖身。

④ I run faster than him.

我跑得比他還要快。

相似句 I'm a faster runner than he is.

我跑得比他快。

⑤ I had a track-and-field race today.

我今天有田徑比賽。

相似句 I am running the track-and-field race today.

我今天參加田徑比賽。

Track-and-field race

I joined a track-and-field race today. As I heard the ***crack*** of the gun, I ran as fast as possible. At first, I ran much faster than the other athletes and people ***hailed*** me. ***Suddenly***, one guy ***sped up*** and then ran in front of me. ***Even though I tried to*** run faster, I came in second place at the end of the race.

中譯

田徑比賽

今天我參加一場田徑比賽。當我聽到槍聲的時候，我使出全力的跑。一開始，我跑得比任何選手都還快，大家都幫我歡呼。突然，有人加快速度跑到我前面。儘管我很努力的要跑更快，我最後還是只得到第二名。

相關單字

suddenly 突然地	crack 碰地一聲	sprint 衝刺
enroll in 登記	pole vault 撐竿跳	improvement 進步
speed up 加速（sped up：過去式）		hail 喝采（hailed：過去式）

寫作練習

明天就要比短跑了！

　　我將要參加一百公尺的短跑。本來我是想要參加撐竿跳的。我感覺到我的進步，而且 1. 我真得很喜歡這種感覺。 2. 希望有一天我的夢想可以成真。

The sprint starts tomorrow!

　　I am going to join the one-hundred-meter ***sprint***. ***I had planned to enroll in*** the ***pole vault***. I feel my improvement and **1.** _____ _____ . **2.** _____ .

解答

1. I really like this kind of feeling.
2. I hope my dream will come true one day.

再多學一點

• **Even though I tried to …, I …** 儘管我試著……我還是……	• **I had planned to …** 本來我有計畫要……
ex Even though I tried to make it to the finish line, **I** failed because of dehydration. 儘管我試著到達終點線，我還是因為脫水而失敗了。	**ex I had planned to** join the basketball team, but I got kicked out because I was too short. 本來我有計劃要加入籃球隊，但是我因為太矮而被踢出來了。

畢業旅行

必備單字

graduation n. 畢業　　**trip** n. 旅行　　**head** v. 前往

memory n. 回憶　　**classmate** n. 同學　　**album** n. 相冊

route n. 路程　　**unforgettable** adj. 難忘的

基本句型

• 及物動詞用法　S（主詞）＋ V（動詞）＋ O（受詞）

ex 及物動詞：**keep** 擁有

<u>We</u>　<u>kept</u>　<u>the unforgettable memories</u>. 我們保有這次的難忘回憶。
主詞　動詞　　　　　受詞

動詞時態變化 keep（現在式）→ *kept*（過去式）。

• 不及物動詞用法　S（主詞）＋ V（動詞）

ex 不及物動詞：**head** 出發前往

<u>He</u>　<u>headed</u>　<u>south</u>. 他往南邊去了。
主詞　動詞　　補語

動詞時態變化 head（現在式）→ *headed*（過去式）。

練習基本句型！

及物動詞用法 S（主詞）＋ V（動詞）

• 及物動詞：**graduate** 畢業

_____. 他畢業了。

他（主詞）　　畢業（動詞）

動詞時態變化 graduate（現在式）→ *graduated*（過去式）

Answer：<u>He graduated.</u>

常用短句

① I prepared for the graduation trip tonight.

我今晚準備畢業旅行的東西。

相似句 I made some purchase for the graduation trip tonight.

我今晚為畢業旅行做採買。

② We will have a trip to Hualien tomorrow.

我們明天要去花蓮。

相似句 We're heading to Hualien to spend our holidays.

我們將前往花蓮，去度假。

③ I want to keep the unforgettable memory in my mind.

我想在心中留下難忘的回憶。

相似句 I don't want to forget the precious moments.

我不想忘記那些珍貴的回憶。

④ I don't want to graduate.

我不想要畢業。

相似句 I want to stay with my classmates and friends.

我想要跟同學和朋友在一起。

⑤ I plan to take lots of pictures to make an album.

我要拍很多照片做成相本。

相似句 I took tons of pictures and put them in the album.

我拍了很多照片，並放進相簿裡。

Graduation trip

I prepared for the graduation trip tonight. All my classmates will have a trip to Hualien tomorrow. I was wondering *whether* I should go or not. Finally, I decided to *join* the trip for it's the last time that all my classmates would go out together. I want to keep the unforgettable memory in my mind.

中譯

畢業旅行

今晚我在準備要去畢業旅行的行李。我們班明天會一起去花蓮旅行。我本來在想到底要不要去。最後，我還是決定參加，因為這是最後一次全班一起出去玩。我想要留下令人難忘的記憶。

相關單字

whether 是否要……	join 參加	include 包括
scuba diving 潛水	hot spring 溫泉	scenery 風景
journey 旅程	commemorate 慶祝；紀念	

寫作練習

我不想要畢業⋯⋯

　　1. 今天是畢業旅行的第一天，這次的行程包括墾丁和綠島。我期待的是去綠島浮潛以及在海邊泡溫泉。我也計畫要拍很多漂亮的風景照，並製作相本來紀念這次旅行。雖然我期待畢業旅行，但是我不想畢業，因為我很享受我的學生生活。

I don't want to graduate…

　　1. _____. **The traveling route includes** Kenting and Green Island. What I look forward to is **scuba diving** in Green Island and taking a **hot spring** bath by the sea. I also plan to take lots of pictures of beautiful **scenery** and make an album to **commemorate** this **journey**. Though I look forward to the graduation trip, I don't want to graduate because I really enjoy my school life.

解答

1. Today was the first day of the graduation trip.

再多學一點

- **I prepared for …**
  我準備⋯⋯

  ex **I prepared for** the trip two days ahead.
  我兩天前就為旅行做準備。

- **The traveling route includes …**
  旅遊行程包括⋯⋯

  ex **The traveling route includes** the gorge, the beach, and the night market.
  旅遊行程包括去峽谷、去海邊和逛夜市。

必備單字

dormitory n. 宿舍　　　**essay** n. 論文　　　**hand in** phr. 繳交

upcoming adj. 即將到來的　**take a break** phr. 休息　**enjoy** v. 享受

winter vacation phr. 寒假

基本句型

・及物動詞用法 S（主詞）＋ V（動詞）＋ O（受詞）

ex 及物動詞：**take** 做……行為

My sister　took　a break . 我妹妹休息。
　主詞　　　動詞　　受詞

動詞時態變化 take（現在式）→ *took*（過去式）。

・不及物動詞用法 S（主詞）＋ V（動詞）

ex 不及物動詞：**begin** 開始

Winter vacation　began . 寒假開始了。
　　主詞　　　　　動詞

動詞時態變化 begin（現在式）→ *began*（過去式）。

練習基本句型！

及物動詞用法 S（主詞）＋ V（動詞）＋ O（受詞）

・及物動詞：**enjoy** 享受

_____. 他享受假期。

他（主詞）　享受（動詞）　　假期（受詞）

動詞時態變化 enjoy（現在式）→ *enjoyed*（過去式）

Answer：He enjoyed the vacation.

常用短句

① Winter vacation will begin next week.

下星期就要放寒假了。

相似句 Winter vacation is just around the corner.

寒假快到了。

② I have to stay in the dormitory and work on my report.

我得待在宿舍裡寫報告。

相似句 I have to go to the library to work on my report.

我得去圖書館寫報告。

③ I had better finish my work as soon as possible.

我最好儘快完成工作。

相似句 I'd better work harder.

我最好再加把勁。

④ I am looking forward to the upcoming vacation.

我好期待即將到來的假期。

相似句 I can't wait to enjoy the coming vacation.

我等不及享受即將來到的假期了。

⑤ I handed in my thesis.

我交出我的論文了！

相似句 I finally finished my thesis.

我終於完成論文了。

Good suggestion from my sister

I want to study English harder. But if it wasn't my sister's **suggestion**, I wouldn't know how to do. My sister suggested that I should keep an English **dairy**. **It was a good suggestion** for me. Keeping a dairy in English **improves** not only my writing skill but also my English ability in general. It seems that my English will get better and better if I **maintain** the habit of keeping a dairy in English.

中譯

我姐姐給的好建議

　　我打算更努力學英文，但如果不是我姐姐建議的話，我不知道該怎麼做。她建議我用英文寫日記，這對我來說真的是個好建議。用英文寫日記不只讓我的寫作能力進步，也增進我的英文能力。看起來我的英文將會變得更好，只要我持之以恆地寫英文日記的話。

相關單字

suggestion 建議	diary 日記	improve 進步
maintain 維持	envy 羨慕	assignment 作業
expect 期待	meal 餐點	

寫作練習

寫論文

　　1. 下禮拜就開始放寒假，但是我必須要留在宿舍裡趕論文。我真的很羨慕那些可以享受寒假又不用擔心學校作業的人。我最好還是趕快完成我的事，這樣我才可以在新年的時候休息一下。新年對我來說很重要，因為我能跟我家人團聚。我已經期待年夜飯很久了。

Write my essay

　　1. _____, but I have to stay in the dormitory and write my essay. I really *envy* those who can enjoy their vacation and don't need to worry about school *assignments*. I had better finish my work *as soon as possible* so that I can take a break during the Chinese New Year. The Chinese New Year is very important to me because I can get together with my family. I have been *expecting* a great *meal* on New Year's Eve for a long time.

解答

1. Winter vacation will begin next week

再多學一點

• **It was a good suggestion to ...** ……是個好建議。	• **... as soon as possible** 儘快……
ex **It was a good suggestion to** do part-time job in a ski resort. 去滑雪場打工是個好建議。	**ex** We all wanted to get rid of schools **as soon as possible**. 我們都希望儘快擺脫學校。

PA

購物是愉快的事

5

RTi

買保養品

必備單字

cosmetic adj. 化妝品的　**pretty** adj. 秀麗的　**beautiful** adj. 漂亮的

lotion n. 化妝水　**buy** v. 購買　**pricey** adj. 昂貴的

makeup n. 化妝品　**skin-care product** n. 保養品

基本句型

• 及物動詞用法 S（主詞）+ V（動詞）+ O（受詞）

ex 及物動詞：**buy** 購買

I bought the whole set. 我買了一整組。
主詞　動詞　　　受詞

動詞時態變化 buy（現在式）→ *bought*（過去式）。

• 不及物動詞用法 S（主詞）+ V（動詞）

ex 不及物動詞：**feel** 感覺

I felt so comfortable. 我覺得非常舒服。
主詞　動詞　　補語

動詞時態變化 feel（現在式）→ *felt*（過去式）。

練習基本句型！

及物動詞用法 S（主詞）+ V（動詞）+ O（受詞）

• 及物動詞：**put on** 擦上

_____. 媽媽化了妝。

媽媽（主詞）　擦上（動詞）　一點化妝品（受詞）

動詞時態變化 put（現在式）→ *put*（過去式）

Answer : Mom put on some makeup.

常用短句

① The cosmetic ads on TV are attracting my attention.

電視上的化妝品廣告很吸引我。

相似句 The cosmetics ads on TV are so inviting.

電視上的化妝品廣告讓人好心動。

---

② I want to be as beautiful as those models.

我想要跟模特兒一樣漂亮。

相似句 I want to look like one of those pretty models.

我想要看來和那些模特兒一樣漂亮。

---

③ I felt so comfortable while applying the lotion on my face.

我將化妝水擦在臉上的時候，感覺真是舒服。

相似句 It felt great to have the lotion on my face.

化妝水擦在臉上感覺真棒。

---

④ I bought the whole set.

我買了一整組。

相似句 I bought the whole set of them home.

我把整組都買回家了。

---

⑤ The care products are pricey.

保養品都很貴。

相似句 The care products usually cost a lot.

保養品通常都花費很高。

短文範例賞析

I want to be beautiful

It is so ***attracting*** seeing ***cosmetic ads*** on TV. I want to be as beautiful as those models. I felt so comfortable while ***applying*** the ***lotion on*** my face. ***It's the most*** comfortable lotion ***that I have ever used***, so I bought 5 bottles at a time.

中譯

我想要變漂亮

電視上的化妝品廣告讓人很心動，我想要和那些模特兒一樣漂亮。化妝水擦在臉上的感覺冰冰涼涼的，真是舒服。這是我用過最舒服的化妝水，所以我一次買了五瓶。

相關單字

attracting 吸引人的	cosmetic 保養品	ads 廣告
apply on 敷……在	lotion 化妝水	a set of 一套
makeup 化妝品		

寫作練習

媽媽的母親節禮物

　　我買了一整組的化妝品給我媽媽。1. 她喜歡化妝品，而且大家都説她化了妝看起來像我姊姊。這一整組化妝品花了我大約六千元，2. 我希望媽媽會喜歡而且有一個開心的母親節。

The gift of my mom

　　I bought *a set of* cosmetics for Mom. **1.** _____, and everybody says that she looks like my sister when she puts on some *makeup*. *It cost me* about six thousand dollars to buy a set of cosmetics. **2.** _____.

解答

1. She likes cosmetics
2. I hope my mom will like it and have a happy Mother's Day.

再多學一點

- **It's the most ... that I had ever used.**

  這是我用過最⋯⋯的⋯⋯

  ex **It's the most** expensive and effective care product **that I had ever used**.

  這是我用過最貴也最有效的保養品。

- **It cost me ... to ...**

  ⋯⋯花了我⋯⋯

  ex **It cost me** $200 to buy this high-end lotion.

  這罐高級化妝水花了我兩百元美金。

02 敗精品

必備單字

money n. 金錢　　**purse** n. 包包　　**available** adj. 有貨的

latest adj. 最新的　　**season** n. 一季　　**keen** adj. 敏銳的

sight n. 眼光　　**fashion** n. 流行時尚　　**style** n. 風格

基本句型

· 及物動詞用法　S（主詞）＋ V（動詞）＋ O（受詞）

ex 及物動詞：**fit** 適合

The skirt　fits　me . 這件裙子很適合我。
　主詞　　動詞　受詞

動詞時態變化 fit（現在式）→ *fitted*（過去式）。

· 不及物動詞用法　S（主詞）＋ V（動詞）

ex 不及物動詞：**shop** 購物

My mom and I　shopped . 我跟媽媽去逛街。
　　主詞　　　　　　動詞

動詞時態變化 shop（現在式）→ *shopped*（過去式）。

練習基本句型！

及物動詞用法 S（主詞）＋ V（動詞）＋ O（受詞）

· 及物動詞：**try** 試穿

_____. 我試穿了另一件上衣。

我（主詞）　試穿（動詞）　　　另一件上衣（受詞）

動詞時態變化 try（現在式）→ *tried*（過去式）

Answer : I tried another T-shirt.

常用短句

① The skirt fits me well.

這件裙子很適合我。

相似句 The sweater goes well with my skin color.

這件毛衣很能襯托我的膚色。

② I tried the other colors.

我試了其他的顏色。

相似句 I tried the other kinds of shirts.

我試了其他款式的襯衫。

③ I lost my last dollar.

我用完了我的錢。

相似句 I ran out of money.

我的錢花完了。

④ LV has new purses available.

LV出新款包包了。

相似句 That's LV's latest purse this season.

那是 LV 這一季最新的包包。

⑤ I have a keen sight on fashion.

我對流行有著敏銳的眼光。

相似句 I have a great sense of styles.

我對造型很有眼光。

短文範例賞析

LV new arrival!!

I love shopping! LV has new purses available. I have a keen sight on fashion. I often *take a look* at those new purses in the *boutique*. Though the price of the LV purse is very high in Taiwan, I still like it. *It's said that* there are lots of boutiques along the Champs Elysees in Paris. I hope I would have a chance to have a boutique trip in Paris someday.

中譯

LV 有新貨到！！

我好愛逛街哦！！LV又有新的包包上市了。我對流行有敏銳的眼光。我常去精品店看看那些新包包。雖然LV包包在台灣都很貴，我卻還是很喜歡。聽說沿著巴黎的香榭大道兩旁有很多名牌精品店。希望哪天我有機會來個巴黎精品遊。

相關單字

take a look 看一下	boutique 精品店	price 價格
secondhand 二手的	blouse 女用上衣	brand-name 名牌的
yearn for 渴望……（yearned for：過去式）		

寫作練習

我又敗家了……

　　我今天到二手精品店去逛。1. 我以為二手的精品店會比較便宜。但之後我買了一件六千元的香奈兒襯衫。雖然我一直渴望擁有名牌，但我從來不知道名牌的東西這麼貴。

I'm a shopaholic…

I shopped in a *secondhand* boutique. **1.** _____

_____. However, a Channel *blouse* cost me six thousand dollars. Though I have *yearned for brand-name* product, *I had never known that* famous brands are so expensive.

解答

1. I thought the price would be lower in a secondhand boutique.

再多學一點

- **It's said that …**
  聽說……

  ex **It's said that** the prices of the items were 50% lower than in Taiwan.
  聽說這些品項的價格比台灣的低了五成。

- **I had never known that …**
  我從來不知道……

  ex **I had never known that** their shoes were so pricey.
  我不知道他們的鞋子這麼貴。

---

03 殺價

必備單字

bargain v. 殺價　　**windbreaker** n. 風衣　　**discount** n. 折扣

expensive adj. 昂貴的　**seller** n. 銷售員　　**vendor** n. 小販

price n. 價格　　　　**lower** v. 降低

基本句型

・及物動詞用法 S（主詞）＋ V（動詞）＋ O（受詞）

ex 及物動詞：**lower** 降低

The clerk　lowered　the price . 店員降低價格。
　主詞　　　　動詞　　　　受詞

動詞時態變化 lower（現在式）→ *lowered*（過去式）。

・不及物動詞用法 S（主詞）＋ V（動詞）

ex 不及物動詞：**bargain** 討價還價

He　never　bargained . 他從來不會討價還價。
主詞　頻率副詞　　動詞

動詞時態變化 bargain（現在式）→ *bargained*（過去式）。

練習基本句型！

及物動詞用法 S（主詞）＋ V（動詞）＋ O（受詞）

・及物動詞：**offer** 提供

_____. 她給了折扣。

她（主詞）　　提供（動詞）　　折扣（受詞）

動詞時態變化 offer（現在式）→ *offered*（過去式）

Answer : She offered a discount.

常用短句

① Mom bargained for a windbreaker.

媽媽為了一件風衣殺價。

相似句 My mom wanted more discount on the coat.

我媽媽想要那件外套多一點折扣。

② Mom found the windbreaker was too expensive.

媽媽覺得那件風衣太貴了。

相似句 Mom didn't want to pay so much for the coat.

媽媽不想花這麼多錢買外套。

③ I bargained with the seller.

我和賣家議價。

相似句 I bargained with the vendor over the price.

我和小販議價。

④ The clerk lowered the price.

店員降價了。

相似句 The clerk gave me a better price.

店員提供了更好的價格。

⑤ She offered me a discount.

她給我折扣。

相似句 The discount she offered was not bad.

她提供的折扣還不差。

Mom: *Master of bargaining!*

I went shopping with my mom today. Mom ***bargained for*** a windbreaker. She found the windbreaker was too expensive. Mom ***haggled*** with the saleswoman; however, the saleswoman didn't ***budge***. My mom was getting very ***mad***. The most interesting part of shopping is bargaining. I have to learn more skills from my mom.

中譯

媽媽是殺價高手！

今天我跟媽媽一起逛街。媽媽為一件風衣殺價，因為她覺得太貴了。媽媽一直跟那個銷售員盧，但是銷售員都不讓步，害我媽媽氣得半死。逛街最好玩的地方就是殺價了，我得多多向媽媽學習。

相關單字

budge 改變意見；讓步	uniform 一致的；相同的	mad 生氣的
a pair of 一副	glasses 眼鏡	freak 怪胎
haggle 爭論；議價	distantly 疏遠地；冷淡地	

寫作練習

男人不懂得殺價的樂趣

　　我很喜歡殺價。我今天去不二價店逛逛，當我跟店員議價一副眼鏡的時候，她冷眼看待我。我男朋友從來不殺價的，他真是個怪胎。他不瞭解我們女人為什麼這麼享受殺價的感覺，<u>1. 我下次要跟我女生好朋友出去逛</u>，<u>2. 那會更好玩的！</u>

Men don't get the pleasure of bargaining

　　I enjoy bargaining. I shopped at a ***uniform*** price shop today. When I bargained with the clerk for ***a pair of glasses***, she looked at me ***distantly***. My boyfriend never bargains; he is really a ***freak***. ***He never knows the pleasure of*** bargaining, which is just what we women enjoy. **1.** _____
_____. **2.**_____.

解答

1. I will go shopping with my female friends next time.
2. It will be more interesting!

再多學一點

• **bargained for …**	• **He never knows the pleasure of …**
為了……殺價	他永遠不懂……的樂趣。
ex My dad **bargained for** a tie.	**ex** He never knows the pleasure of getting a bargain price.
我爸爸為了一條領帶殺價。	他永遠不懂花小錢購物的樂趣。

04 退貨退款

必備單字

crack n. 裂縫　　　　**imperfection** n. 不完美　**return** v. 退還

refund n. 退款　　　**break down** phr. 故障　**ask for** phr. 要求

buy v. 購買　　　　　**customer** n. 顧客

基本句型

• 及物動詞用法 S（主詞）＋ V（動詞）＋ O（受詞）

ex 及物動詞：**return** 退還

The customers　returned　the goods. 顧客退還商品。
　主詞　　　　　　動詞　　　　受詞

動詞時態變化 return（現在式）→ *returned*（過去式）。

• 不及物動詞用法 S（主詞）＋ V（動詞）

ex 不及物動詞：**work** 運作

This computer　worked　smoothly. 這台電腦運作順暢。
　主詞　　　　　　動詞　　　副詞

動詞時態變化 work（現在式）→ *worked*（過去式）。

練習基本句型！

及物動詞用法 S（主詞）＋ V（動詞）＋ O（受詞）

• 及物動詞：**refund** 退錢

_____. 那家店退錢了。

那間店（主詞）　　退還（動詞）　　金錢（受詞）

動詞時態變化 refund（現在式）→ *refunded*（過去式）

Answer：The shop refunded the money.

常用短句

① There is a crack on the vase.

這個花瓶上有裂痕。

相似句 There's an flaw on the vase.

花瓶上有個瑕疵。

② I want to return it.

我想要退貨。

相似句 I ask for a refund.

我要求退款。

③ The air conditioner broke down right after I bought it.

那台冷氣機在我買了以後馬上故障。

相似句 The heater stopped working the next day I bought it.

那台暖氣在我買回去的隔天後就不能用了。

④ I should get a refund on the air conditioner.

我應該要拿這台冷氣機去退錢。

相似句 I need to return this heater and get a refund.

我要退回這台暖氣並且退款。

⑤ How I wish I hadn't bought the air conditioner!

我真希望我從來沒買這台冷氣！

相似句 I shouldn't have bought this heater for its low price.

我不該因為低價就買這台暖氣的。

How stupid I was to buy that air conditioner!

The weather was so hot that I decided to buy an ***air conditioner***. However, the air conditioner broke down right after I bought it! Mom suggested that I should get a refund on the air conditioner right away. I can't believe the salesman ***backed out*** on his words. ***How I wish I hadn't*** bought the conditioner! I'm going to ***argue with*** the salesman tomorrow and give him a lesson that the customer is always right.

 中譯

我怎麼會這麼笨去買那台冷氣機！

天氣實在是太熱了，所以我決定要買冷氣機。但是那台冷氣機在我買了以後，就馬上故障了！我媽媽叫我馬上去退貨。我真的不敢相信那個銷售員竟然反悔他說過的話。我真希望我從來沒有買那個冷氣機！我明天要去跟那個銷售員理論，告訴他「顧客永遠是對的」的道理。

相關單字

air conditioner 冷氣機	argue with 與……爭論	service 服務
stain 汙點	request 要求	responsibility 責任
back out 反悔（backed out：過去式）		

寫作練習

明晚不穿裙子！

　　1. 我為了明晚的約會買了條新裙子，但是我發現我裙子上有污點。我把它帶回去原來的店家打算要退費。2. 那個店員竟然不給我退，害我叫經理出來負責。那間店服務超爛的，我絕對不再去那間店買東西了，我最好別又衝動買東西。總之，我決定明天晚上要穿洋裝。

No skirt tomorrow night!

　　1. _____, but I found a *stain* on my skirt. I brought it back to the store where I bought it, and asked for a refund. **2.** _____, so I had to *request* that the manager take *responsibility* for it. Their customer *service* was really bad, and I would never go there to buy anything again. I had better not buy things *on an impulse*. In conclusion, I will wear a dress tomorrow night.

解答

1. I bought a new skirt for tomorrow's date
2. The clerk would't refund me the money.

再多學一點

- **How I wish I hadn't …**
  我多希望我從沒……

  ex **How I wish I hadn't** bought this bargain, because it was completely useless.
  我多希望我從沒買過那個便宜的東西，因為它完全沒有用處。

- **… on an impulse.**
  衝動之下……

  ex I should have thought twice before I paid **on an impulse**.
  我當初應該在衝動之下、付款前再想一下。

跳樓大拍賣

必備單字

sale **n.** 拍賣　　　shop **n.** 商店　　　get rid of **phr.** 清除掉

goods **n.** 商品　　reasonable **adj.** 合理的 discount **n.** 折扣

department store **n.** 百貨公司　　clearance sale **n.** 清倉大拍賣

基本句型

・及物動詞用法 S（主詞）＋ V（動詞）＋ O（受詞）

ex 及物動詞：**have** 有

The shop　had　a sale . 那間店在拍賣。
　主詞　　　動詞　　受詞

動詞時態變化 have（現在式）→ *had*（過去式）。

・不及物動詞用法 S（主詞）＋ V（動詞）

ex 不及物動詞：**shop** 購物

He　shopped . 他購物。
主詞　　動詞

動詞時態變化 shop（現在式）→ *shopped*（過去式）。

練習基本句型！

不及物動詞用法 S（主詞）＋ V（動詞）

・不及物動詞：**close** 關店

_____. 那間店歇業了。

那間店（主詞）　關門（動詞）

動詞時態變化 close（現在式）→ *closed*（過去式）

Answer：The shop closed.

常用短句

① I bought lots of things.

我買了很多東西。

相似句 I did a lot of shopping at the boutique.

我在那間精品店買了很多東西。

② The shop is having a sale.

那間店正在打折。

相似句 The store is having a spring sale.

那間店在舉行春季拍賣。

③ The shoes shop around the corner is having a clearance sale.

街角的鞋店正在舉辦清倉大拍賣。

相似句 The department store is having a massive clearance sale this week.

那間百貨公司這週正在舉行清倉大拍賣。

④ The shoes shop is trying to get rid of as many goods as possible.

這家鞋店正試著盡量把商品出清。

相似句 The shop is having a clearance sale to get rid of the overstock.

為了清理庫存，這家店正舉行清倉拍賣。

⑤ The discounted price was reasonable.

折扣後的價錢還蠻合理的。

相似句 I would buy them because the discount was not bad.

我會買，因為折扣還不賴。

A clearance Sale

The shoes shop around the *corner* is having a clearance sale. The shoes shop is trying to get rid of as many goods as possible. *I took advantage of* the *special* sale and bought *a pair of* shoes that went with my white pants. However, the *quality* of the shoes was bad. No wonder the shop had to close.

中譯

清倉大拍賣

　　街角那間鞋店在清倉大拍賣，他們打算要盡可能把商品都賣掉。我利用這個特價的機會，買了一雙鞋子好搭配我的白色褲子。但是那雙鞋子的品質很差。難怪那間店會倒。

相關單字		
corner 角落	special 特別的	a pair of 一雙
quality 品質	crowd 人潮	necessary 必要的
stain 污漬	go with 搭配（went with：過去式）	

寫作練習

一分錢一分貨

　　1. 百貨公司正在大特價，我看到拍賣的廣告所以打算去逛逛，因為折扣算是蠻合理的，所以我買了一件裙子跟一件衣服。百貨公司到處都是人，我被人潮惹惱了。一定要好好檢查跳樓大拍賣時的商品，因為那些衣服上面可能會有些污漬，我就曾經有這種不好的經驗。

You get what you pay for

　　1. _____. I read the "on sale" ads and decided to go shopping. The discounts were reasonable, so I bought a shirt and a skirt. There were lots of people in the department store, and *I was annoyed with* the *crowd*. It's *necessary* to look over things on clearance sales because there might be some *stains* on those clothes. I had a bad experience once.

解答

1. Department stores are having clearance sales.

再多學一點

• **I took advantage of …** 我利用……	• **I was annoyed with …** 我被……惹惱了。
 **ex** **I took advantage of** the credit card rewards and got 15% extra discount. 我利用信用卡紅利回饋拿到額外的八五折。	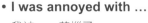 **ex** **I was annoyed with** the rude clerk. 我被沒禮貌的店員惹惱了。

---

06 逛地攤

必備單字

budget n. 預算；經費　**stall** n. 貨攤；攤販　　**cheap** adj. 便宜的

stuff n. 東西　　　　**vendor** n. 小販；叫賣者 **street** n. 街道

save v. 節省

基本句型

• **及物動詞用法 S（主詞）＋ V（動詞）＋ O（受詞）**

  ex 及物動詞：**limit** 限制

  My mom　limited　my expense . 我媽媽限制我的支出。
  　主詞　　　動詞　　　　受詞

  動詞時態變化 limit（現在式）→ *limited*（過去式）。

• **不及物動詞用法 S（主詞）＋ V（動詞）**

  ex 不及物動詞：**sell** 出售

  The boots　sold　for 500 dollars . 靴子以500元出售。
  　主詞　　　動詞　　　補語

  動詞時態變化 sell（現在式）→ *sold*（過去式）。

練習基本句型！

及物動詞用法 S（主詞）＋ V（動詞）＋ O（受詞）

• 及物動詞：**buy** 購買

_____. 我妹妹買了些東西。

我妹妹（主詞）　　　買（動詞）　　　一些東西（受詞）

動詞時態變化 buy（現在式）→ *bought*（過去式）

Answer : My sister bought some stuff.

常用短句

① I was planning to buy a pair of shoes.

我想要買一雙鞋子。

相似句 I was thinking of buying a pair of shoes.

我想買雙鞋。

② My budget is limited.

我的預算有限。

相似句 I am not planning to spend too much on it.

我沒打算花太多錢在它身上。

③ Things at a stall are much cheaper than those in the department store.

地攤的東西比百貨公司的便宜多了。

相似句 The goods at stalls are cheaper than those in department stores.

地攤賣的東西比百貨公司賣的便宜。

④ There was a shoes stall on the way that caught my attention.

路上有一家賣鞋子的地攤引起我的注意力。

相似句 I wanted to go check out a shoes stall at the entrance.

我想要去看看入口處賣鞋的攤子。

⑤ I bought nothing.

我什麼都沒買。

相似句 I didn't buy anything.

我沒買東西。

Shopping at a Stall

I was planning to buy *a pair of shoes*. Things at a stall are much cheaper than those in the department store. There happened to be a shoes stall on the way that caught my attention. The street vendor *suggested that* I should buy the *high-heeled* brown shoes. I don't like wearing high heels, so I bought a pair of black *boots* instead. It cost me 1000 dollars.

中譯

地攤買東西

　　我想要買一雙鞋子，地攤貨通常都比百貨公司的便宜。路上剛好有一個地攤引起了我的注意力。攤販老闆一直建議我要買那雙咖啡色的高跟鞋。我不喜歡穿高跟鞋，所以我反而買了一雙黑色的靴子。我花了一千元。

相關單字

a pair of 一雙；一副	high-heeled 高跟底的	shoe 鞋子（單數）
brown 褐／咖啡色	as a resul 結果；所以	boot 靴子
never 決不		

寫作練習

我媽媽的小興趣

　　1. 我媽媽喜歡買便宜的東西，所以她從來都不去百貨公司。她可以在小攤販那裡買到又便宜又好的東西。我覺得我應該要學著點，在攤販而不是在百貨公司買東西，以省下一些錢。

My mom's hobby

1. _____. *As a result*, she *never* goes to the department store. She can buy things that are not only cheap but also good at vendors. *I thought* maybe I could save my money by shopping at a stall instead of in a department store, just like my mom.

解答

1. Mom likes to buy cheap things.

再多學一點

- **suggested that …**

　……建議……

　ex **I suggested that** we go grab something to eat before you pay on impulse.
　我建議在你衝動付款之前，我們先去吃東西。

- **I thought …**

　我以為……

　ex **I thought** the price of everything at stall should be lower.
　我以為地攤所有東西的價格都比較便宜。

上班這檔事 6

RTi

01 面試

必備單字

interview n. 面試　**successfully** adv. 成功地　**job** n. 工作

chance n. 機會　**work** v. 工作　　**ability** n. 能力

impression n. 印象　**formal** adj. 正規的；符合格式的

基本句型

· 及物動詞用法 S（主詞）+ V（動詞）+ O（受詞）

ex 及物動詞：**have** 有

My sister　had　an interview. 我妹妹有個面試。
　主詞　　　動詞　　受詞

動詞時態變化 have（現在式）→ *had*（過去式）。

· 不及物動詞用法 S（主詞）+ V（動詞）

ex 不及物動詞：**arrive** 抵達

He　arrived　on time. 他準時抵達。
主詞　動詞　　補語

動詞時態變化 arrive（現在式）→ *arrived*（過去式）。

練習基本句型！

及物動詞用法 S（主詞）+ V（動詞）+ O（受詞）

· 及物動詞：**get** 得到

_____. 他得到這份工作了。

他（主詞）　得到（動詞）　這份工作（受詞）

動詞時態變化 get（現在式）→ *got*（過去式）

Answer：He got this job.

166

常用短句

① I had an interview today.

我今天有個面試。

相似句 I went for an interview today.

我今天去面試。

② The interview went successfully.

面試進行得不錯。

相似句 The interview went quite well.

面試進行得很順利。

③ I had a big shot at getting the job.

我可能會得到那個工作。

相似句 There's a great chance that I could get the job.

我有很大的機會能得到那份工作。

④ I will work harder.

我將會更努力工作的。

相似句 I'll work harder to prove my ability.

我會努力工作，證明自己的能力。

⑤ I got this job.

我得到這個工作了！

相似句 I got the job offer today.

我今天得到這份工作了。

Interview today!!

I had worried about today's interview. I ***picked out*** a formal suit ***deliberately*** yesterday. I feel that I performed pretty well in the interview today and ***made a good impression on*** the interviewers. I hope that I will receive the ***notification*** quickly. If I could get this job, I would try my best to ***fulfill*** my ***ambitions***.

中譯

今天要面試！

　　我很擔心今天的面試，我昨天謹慎地挑選了一件正式的套裝。我覺得我今天表現得還不錯，而且讓面試官對我有很好的印象，我希望我很快就能收到通知。如果我得到這份工作，我一定會努力實現我的抱負。

相關單字

deliberately 謹慎地	notification 通知	fulfill 實現
ambition 抱負；野心	arrive 抵達（arrived：過去式）	
in other word 換句話説	pick out 挑選（picked out：過去式）	

寫作練習

還是面試

　　我今天下午兩點有個面試，我特地買了一件新裙子跟新衣服。我很早就到那間公司，希望能有一個好的第一印象。1. <u>面試過程很順利</u>，換句話說，我有很大的機會能夠得到那份工作。

Still interview

　I had an interview at 2:00 p.m. today. I bought a new skirt and a new shirt for the interview. I ***arrived*** at the company very early for making a good first impression. **1.** _____; ***in other word**, **I had a big shot at*** getting the job.

解答

1. The interview went successfully.

再多學一點

* **made an good impression on ...**
  給……好印象
  > **ex** The open office **made a good impression on** me.
  > 開闊的辦公室給我好印象。

* **I had a big shot at ...**
  我有很大的機會……
  > **ex** **I had a big shot at** winning the championship.
  > 我有很大的機會能得到冠軍。

02 裁員

必備單字

lay off phr. 裁員　　**company** n. 公司　　**boss** n. 老闆

worker n. 員工　　**fire** v. 開除　　**department** n. 部門

colleague n. 同事　　**administrative** adj. 行政的

基本句型

• 及物動詞用法 S（主詞）＋ V（動詞）＋ O（受詞）

ex 及物動詞：**fire** 開除

My boss　fired　5 workers . 我老闆開除了五個人。
主詞　　　動詞　　　受詞

動詞時態變化 fire（現在式）→ *fired*（過去式）。

• 不及物動詞用法 S（主詞）＋ V（動詞）

ex 不及物動詞：**quit** 辭職

He　quit . 他辭職。
主詞　動詞

動詞時態變化 quit（現在式）→ *quit*（過去式）。

練習基本句型！

不及物動詞用法 S（主詞）＋ V（動詞）

• 不及物動詞：**work** 工作

_____ . 我加班工作。

我（主詞）　　工作（動詞）　　超時地（副詞）

動詞時態變化 work（現在式）→ *worked*（過去式）

Answer：I worked overtime.

常用短句

① Our company will lay off workers.

公司將要裁員。

相似句 The boss is planning to fire people.

老闆計畫要裁員。

② The layoff would begin with administrative personnel.

行政單位是第一波裁員的對象。

相似句 The company would sack people in administration department first.

公司會先解雇行政部門的人。

③ I worked overtime today.

我今天加班。

相似句 I had to work late today.

我今天得加班。

④ I'm used to working here.

我習慣在這裡工作。

相似句 I'm used to this company and working with all the colleagues.

我習慣在這裡和所有同事一起工作。

⑤ I really don't want to be laid off.

我真的不希望被裁員。

相似句 I hope I won't get fired.

希望我不要被裁員。

短文範例賞析

Laying off

Our company will lay off workers. We were very ***scared*** after we heard about it. The layoff would ***begin with*** administrative ***personnel***. So as to not be laid off, I went to the office very early and worked overtime every day. I really don't want to be laid off because the salary is important to me, and I get a great sense of ***achievement*** from the job.

中譯

裁員

我們公司打算要裁員。我們聽到這個消息都很害怕。第一波裁員會從行政部門開始。為了不要被裁員，我每天都很早去上班而且加班。我真的不希望我被裁員，因為這份薪水真的對我很重要，而且我從這份工作中得到許多的成就感。

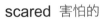

相關單字		
scared 害怕的	personnel 人員	achievement 成就
downsize 縮減	take actions 採取行動	superiors 上級的
right 權益	protest 抗議	

寫作練習

這沒道理阿！

　　公司正在縮減規模。公司一次裁掉了十個人，真是沒道理。1. 我真的不希望被裁員。我們必須採取行動抵制公司高層，以保護自身的權益。希望不要鬧上街頭抗議一途，否則公司高層將會為他們做的事付出代價。

It doesn't make sense!

　　The company is ***downsizing***. ***It doesn't make sense that*** the company has laid off ten workers. **1.** _____.
We have to ***take actions*** against the company ***superiors*** to protect our own ***rights***. I hope that we don't have to ***protest*** against the company in the street, or the superiors company shall pay for what they have
done.

解答

1. I really don't want to be laid off.

再多學一點

- **begin with …**
  從……開始
  ex The sack **begins with** less experienced employees.
  裁員會從資淺的員工開始裁。

- **It doesn't make sense that …**
  ……真沒道理。
  ex **It doesn't make sense that** the boss fired his hard-working secretary.
  老闆解雇替他認真工作的祕書，真沒道理。

03 減薪

必備單字

decrease v. 減少　　**salary** n. 薪水　　**notice** n. 通知

pay cut phr. 減薪　　**crisis** n. 危機　　**bankruptcy** n. 破產

part-time adj. 兼職的　　**financial** adj. 財務上的；經濟上的

基本句型

• 及物動詞用法 S（主詞）＋ V（動詞）＋ O（受詞）

ex 及物動詞：**decrease** 減少

My company　decreased　my pay . 公司扣減我的薪水。
　主詞　　　　　動詞　　　　受詞

動詞時態變化 decrease（現在式）→ *decreased*（過去式）。

• 不及物動詞用法 S（主詞）＋ V（動詞）

ex 不及物動詞：**go** 變得

The company　went　worse and worse . 公司營運得越來越糟。
　主詞　　　　動詞　　　　補語

動詞時態變化 go（現在式）→ *went*（過去式）。

練習基本句型！

及物動詞用法 S（主詞）＋ V（動詞）＋ O（受詞）

• 及物動詞：**change** 轉換

_____. 他換工作了。

他（主詞）　　轉換（動詞）　　他的工作（受詞）

動詞時態變化 change（現在式）→ *changed*（過去式）

Answer：He changed his job.

常用短句

① I got the decreased-salary notice.

今天我收到減薪通知。

相似句 I got a pay cut recently.

我最近被減薪了。

② The company is doing much worse.

公司營運得不好。

相似句 The company is going through a financial crisis.

公司有財務危機。

③ The job made me mad.

這份工作讓我發瘋了。

相似句 This job is driving me crazy.

這份工作讓我抓狂。

④ I took a part-time job.

我做了一份兼職工作。

相似句 I started to work at home.

我開始在家工作。

⑤ I should change my job.

我應該要換個工作。

相似句 Getting a new job could be a good idea.

換個工作可能是個好主意。

短文範例解析

Difficult Times

The company is going to the ***extent*** of bankruptcy. It is next month that our company will cut salaries. ***I am going to*** live a hard life in the ***following*** years, and it's ***inevitable*** for me to take a part-time job. It is really difficult to live with such a low salary.

中譯

艱困的時期

公司快破產了。下個月公司要減薪。接下來幾年我將會過得很辛苦,而不可避免地,我得兼一份差。靠著微薄的薪水過活真的很辛苦。

相關單字

extent 範圍	inevitable 不可避免的	following 接下來的
economic 經濟上的	slump 陷落	personnel 人員的
recession 衰退	suitable 適合的	

寫作練習

減薪

1. 我收到減薪的通知了，公司因為經濟不景氣，營運得很差。為了改變這種情況，公司決定減少人事成本。老實說，我不是很開心，但是我也只能接受。在經濟蕭條持續加深的情況下，越來越難找到合適的工作。

Decreased-salary notice

1. . The company was doing much worse because of the ***economic slump***. The company decided to cut ***personnel*** cost ***so as to*** change this situation. Although I was not pleased, I had to accept it. As the ***recession*** is getting worse, it becomes even harder to find a ***suitable*** job.

解答

1. I got the decreased-salary notice.

再多學一點

- **I am going to ...**
  我將會……

  ex **I'm going to** work harder to keep my job.
  我將會更加努力工作，保住我的飯碗。

- **so as to ...**
  為了要……

  ex The company decided to fire 10 people **so as to** slash down the cost.
  公司為了要刪減開支，決定要解雇十個人。

---

04 加薪

必備單字

raise n. 加薪　　**promote** v. 提升；升職　　**promotion** n. 升職

colleague n. 同事　　**co-worker** n. 同事　　**payday** n. 發薪日

salary n. 薪水　　**meal** n. 餐點

基本句型

・及物動詞用法 S（主詞）＋ V（動詞）＋ O（受詞）

ex 及物動詞：**get** 得到

My sister　got　a pay raise . 我妹妹加薪了。
　主詞　　　動詞　　受詞

動詞時態變化 get（現在式）→ *got*（過去式）。

・不及物動詞用法 S（主詞）＋ V（動詞）

ex 不及物動詞：**work** 工作

He　worked　overtime . 他加班。
主詞　動詞

動詞時態變化 work（現在式）→ *worked*（過去式）。

練習基本句型！

及物動詞用法 S（主詞）＋ V（動詞）＋ O（受詞）

・及物動詞：**give** 給

_____ . 他給我加薪。

他（主詞）　給（動詞）　我（間接受詞）　　加薪（直接受詞）

動詞時態變化 give（現在式）→ *gave*（過去式）

Answer：He gave me a pay raise.

常用短句

① I got a raise.

我加薪了！

相似句 I got a pay raise lately.

我最近加薪了。

---

② My boss promoted me to manager.

我老闆將我升為經理。

相似句 I got a promotion to manager today.

我今天升職成經理了。

---

③ My colleagues asked me to give a treat.

公司的同事都要我請客。

相似句 All my co-workers wanted a big meal on me.

所有同事都要我請吃大餐。

---

④ Today is the payday.

今天是發薪日。

相似句 I can get my salary today.

我今天可以拿到薪水。

---

⑤ My salary is quite high.

我的薪水蠻高的。

相似句 I get a good salary.

我的薪水還不錯。

I will quit if...

I have been looking forward to a salary raise, but it **seems** that the boss has **put** this **off** for a long time. I thought I should be **rewarded** for my hard work. He is so **stingy** that he can't keep talented employees. My colleague Henry quit last month. If he doesn't give me a pay raise next month, I will quit. I would **rather** stay home **than** be **squeezed**.

中譯

再這樣下去我就要辭職……

我期待加薪期待好久了，但是看起來我老闆一直把這件事延後。我覺得我的努力工作應該要被獎賞，他這麼吝嗇，是無法留住人才的。我同事亨利上個月就辭職了！如果他下個月還是不幫我加薪的話，我就要辭職了。我寧願待在家裡也不願意這樣被壓榨。

相關單字

seem 似乎	put off 延期	rewarded 被嘉獎的
stingy 吝嗇的	squeezed 被壓榨的	overtime 超時
manager 經理	administrative 行政的	

寫作練習

終於……

　　我常常在加班，1. 今天老闆決定要給我加薪。他還把我升職為經理，我的同事都要求我要請客。行政部門的經理，約翰，明天也要一起來慶祝。

Finally...

I usually work ***overtime***. **1.** _____
_____. He also ***promoted*** me ***to manager***. My colleagues all asked for a big treat. John, who is the ***administrative*** manager, will go to celebrate with us tomorrow.

解答

1. Today my boss decide to give me a pay raise.

再多學一點

• **rather ... than ...**
　寧願……也不……

> **ex** I would **rather** have my own life **than** work to death with higher salary.
> 我寧可保有自己的生活，也不要領高薪工作到累死。

• **promoted to ...**
　升職為……

> **ex** I didn't understand why Tim got **promoted to** the project manager.
> 我不懂為什麼提姆被升職為專案經理。

身心難受
的事

7

RTi

01 與朋友鬧情緒

必備單字

moody adj. 心情不穩的　**blue** adj. 憂鬱的　　**alone** adj. 獨自的

space n. 空間　　　**temper** n. 脾氣　　**apologize** v. 道歉

piss off phr. 發飆　　**get along with** phr. 跟……相處

基本句型

・及物動詞用法 S（主詞）＋ V（動詞）＋ O（受詞）

ex 及物動詞：**need** 需要

My sister　needed　some space. 我妹妹需要一點個人空間。
　主詞　　　　動詞　　　　受詞

動詞時態變化 need（現在式）→ *needed*（過去式）。

・不及物動詞用法 S（主詞）＋ V（動詞）

ex 不及物動詞：**compromise** 妥協

He　compromised. 他妥協了。
主詞　　　動詞

動詞時態變化 compromise（現在式）→ *compromised*（過去式）。

練習基本句型！

及物動詞用法 S（主詞）＋ V（動詞）＋ O（受詞）

・及物動詞：**lose** 失去

_____. 他發火了。

他（主詞）　失去（動詞）　他的脾氣（受詞）

動詞時態變化 lose（現在式）→ *lost*（過去式）

Answer：He lost his temper.

常用短句

① I was kind of moody today.

我今天有點情緒化。

相似句 I was a bit blue today.

我今天有點憂鬱。

② I just want to be alone.

我只想獨處。

相似句 I need some space.

我需要一點空間。

③ Maybe it was because the weather was bad.

也許是因為天氣不好的關係。

相似句 Maybe it was because it's been raining for a week.

可能是因為雨下了一個星期。

④ He's not easy to get along with.

他人不好相處。

相似句 He's not a people person.

他不好相處。

⑤ He lost his temper.

他發脾氣了。

相似句 He was pissed off today.

他今天發火了。

Leave me alone!!

I was kind of moody today. I just want to be alone. Maybe it was because the ***weather*** was bad. Whoever spoke to me, I didn't ***respond*** to him. ***It made me impatient that*** my friend chattered ***endlessly*** all the while. When I asked him to ***shut up***, he was so sad and went away. I knew I hurt him, so I apologized to him.

中譯

離我遠一點！！

今天我有點情緒化，只想要一個人待著。也許是因為天氣很差的關係。誰來跟我講話我都不理他。當我朋友在我旁邊一直嘮嘮叨叨時，我真的很不耐煩。我叫他閉嘴，他就傷心的離開了。我知道我傷了他，所以還是跟他説抱歉了。

相關單字

weather 天氣	impatient 沒有耐性的	respond 回應
compromise 和解；妥協	endlessly 無止盡地	shut up 閉嘴
self-centered 自我中心的		

寫作練習

糟糕的同學

　　我認為理查是個很自我中心的人。1. 理查總是做任何他想做的事。他不跟班上任何同學妥協，2. 他很難相處。他常會亂發脾氣。噢，天啊！我跟我朋友一點都不喜歡他。

A bad classmate

　　I think Richard is a ***self-centered*** person. **1.** _____. He doesn't ***compromise*** with any classmates in the class. **2.** _____. He loses his temper easily. Oh GOD!! My friend and I ***don't*** like Richard ***at all***.

解答

1. Richard always does whatever he wants.
2. He's not easy to get along with.

再多學一點

• **It made me impatient that …**
　……讓我很不耐煩。

> **ex** **It made me impatient that** she made everything about her.
> 她一直把事情扯到自己，讓我很不耐煩。

• **not … at all**
　一點也不……

> **ex** Talking like that was **not** cool **at all**.
> 那樣說話一點也不帥。

02　感冒

必備單字

cough v. 咳嗽　　**headache** n. 頭痛　　**fever** n. 發燒

medicine n. 藥品　　**pill** n. 藥錠　　**sick** adj. 生病的

cold n. 感冒　　**powdered** adj. 磨成粉的

基本句型

- **及物動詞用法 S（主詞）＋V（動詞）＋O（受詞）**

　ex 及物動詞：**get** 得到

　<u>My sister</u> <u>got</u> <u>a cold</u>. 我妹妹感冒了。
　　主詞　　動詞　受詞

　動詞時態變化 get（現在式）→ *got*（過去式）。

- **不及物動詞用法 S（主詞）＋V（動詞）**

　ex 不及物動詞：**cough** 咳嗽

　<u>He</u> <u>coughed</u>. 他咳嗽了。
　主詞　　動詞

　動詞時態變化 cough（現在式）→ *coughed*（過去式）。

練習基本句型！

及物動詞用法 S（主詞）＋V（動詞）＋O（受詞）

- 及物動詞：**have** 有

_____. 他頭痛。

他（主詞）　　有（動詞）　　頭痛（受詞）

動詞時態變化 have（現在式）→ *had*（過去式）

Answer：He had a headache.

188

常用短句

① I was like a chicken drenched.

我淋成落湯雞。

相似句 I got totally soaked.

我渾身濕透了。

---

② I coughed and felt hot.

我咳嗽而且覺得很熱。

相似句 I couldn't help coughing and feeling sweaty.

我忍不住咳嗽、不停冒汗。

---

③ I had a headache.

我頭痛。

相似句 I suffered from the headache caused by a fever.

我因為發燒而頭痛。

---

④ I took medicine after dinner.

我晚餐後吃藥。

相似句 I took some pills after dinner.

晚餐後我吃了些藥。

---

⑤ I don't like powdered medicine.

我不喜歡藥粉。

相似句 I prefer medicinal pills.

我比較喜歡藥錠。

Brrr…Got a cold

It rained, and I was like a ***drenched*** chicken about to be feathered. I coughed and felt hot. I felt ***dizzier*** and dizzier. I thought I must be sick. ***It's so uncomfortable*** to catch a cold. The doctor said that I should take a day ***off*** and take some rest so that I would make a ***recovery*** as ***soon*** as possible.

中譯

感冒了

下雨了，我被淋成落湯雞，我覺得很熱而且一直咳嗽，我覺得頭越來越昏，我想我一定是生病了！感冒真的很不好受。醫生說我應該要休一天假好好休息，這樣才會盡快康復。

相關單字

drenched 被淋濕的	off 休息	recovery 復原
soon 快速的	dizzier 更暈眩的	week 一週
soup 湯	vitamin 維他命	

寫作練習

冷死了

1. 天氣真的是冷斃了，我男朋友都生病了一個星期。為他做了雞湯，也買了維他命給他吃。我希望他可以早日康復，這樣我們才能出去玩。他真的好像小孩，還會不敢吃藥，而且他甚至不敢去看醫生。

Freaking Cold

1. _____. My boyfriend has been sick for a **week**. I made chicken **soup** and bought some **vitamins** for him. I hoped he can get well soon, then we could go out for some fun. He was like a child and afraid of taking medicine. **He even didn't dare to** see a doctor.

解答

1. The weather was freezing cold.

再多學一點

- **It's so uncomfortable to …**
  ……真的很不舒服。

  ex **It's so uncomfortable to** catch a cold.
  感冒真的很不舒服。

- **He even didn't dare …**
  他甚至不敢……

  ex **He even didn't dare** to drink water because he still got nauseous.
  他甚至不敢喝水，因為他仍覺得想吐。

03

過敏

必備單字

allergy n. 過敏　　**dust** n. 灰塵　　**sneeze** v. 打噴嚏

dripping n. 水滴　　**itch** v. 發癢　　**sensitive** adj. 敏感的

rash n. 疹子　　**running nose** phr. 流鼻水

基本句型

• 及物動詞用法　S（主詞）＋ V（動詞）＋ O（受詞）

ex 及物動詞：**touch** 碰觸

My sister　touched　dust . 我妹妹碰到灰塵。
　主詞　　　　動詞　　　受詞

動詞時態變化 touch（現在式）→ *touched*（過去式）。

• 不及物動詞用法　S（主詞）＋ V（動詞）

ex 不及物動詞：**itch** 發癢

My skin　itched . 我的皮膚發癢。
　主詞　　　動詞

動詞時態變化 itch（現在式）→ *itched*（過去式）。

練習基本句型！

不及物動詞用法 S（主詞）＋ V（動詞）＋ O（受詞）

• 不及物動詞：**sneeze** 有

_____. 他總是在打噴嚏。

他（主詞）　打噴嚏（動詞）　全部的時間（補詞）

動詞時態變化 sneeze（現在式）→ *sneezed*（過去式）

Answer：He sneezed all the time.

常用短句

① I have nose allergies.

我有鼻子過敏症。

相似句 I am allergic to dust.

我對灰塵過敏。

② I sneeze all the time.

我會一直打噴嚏。

相似句 I sneeze all the time because of allergy.

因為過敏，我一直打噴嚏。

③ I had a runny nose.

我鼻水流個不停。

相似句 My nose is dripping snot like water.

我的鼻嚏像水一樣流個不停。

④ Every time when I touch dust, my skin itches.

我只要碰到灰塵，皮膚就會癢。

相似句 My skin gets itchy under the sun.

曬到陽光，我的皮膚就會發癢。

⑤ My skin is very sensitive.

我的皮膚很敏感。

相似句 I get skin rash easily.

我的皮膚很容易起疹子。

My nose

I have nose allergies. I sneeze all the time if the air is dirty. It *embarrasses* me a lot when I sneeze constantly in the *public*, so I wanted to see a doctor to *treat* my allergy. One of my co-workers took flowers to our office; *as a result*, I sneezed and got a runny nose constantly. Today I went to see an allergist. He treated me with a new drug and asked me to *spray* some medicine into my nose before I go to bed.

中譯

我的鼻子

我有鼻子過敏症。只要空氣有點不乾淨，我就會一直打噴嚏。在公眾場合中一直打噴嚏真的讓我很尷尬，所以我想找醫生治療過敏。有一次我同事帶花來辦公室，結果我就不停地流鼻水跟打噴嚏。今天我去看了個過敏科的醫生，他用一種新藥幫我治療，並叫我睡覺之前要噴一點藥在鼻子裡。

相關單字

blush 臉紅	disgusted 感到噁心的	web 蜘蛛網
embarrass 使尷尬	public 公眾場合	treat 治療
spray 敷塗	clean up 打掃（cleaned up：過去式）	

寫作練習

救命啊！！

　　1. 我的皮膚真的很敏感。只要碰到灰塵我的臉就會很癢。大家都說我一直都在臉紅，但那其實只是過敏，2. 我也就覺得沒有關係。然而今天發生了一件事，當我下午在打掃我的房間的時候，有個蜘蛛網掉在我臉上！！我覺得好噁心，還放聲尖叫！

Help~~!!

　　1. **.** *__Every time__* I touched dust, my skin itches. People say that I ***blush*** all the time, but it is only because of the allergies. **2.** 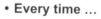. However, something happened today. When I ***cleaned up*** the room in the afternoon, a ***web*** fell on my face. I felt ***disgusted*** and cried out for help.

解答

1. My skin is very sensitive.
2. I thought it was not a big deal.

再多學一點

* **; as a result, …**

  結果……

  > **ex** I cleaned up my room without wearing a gauze mask; **as a result,** I got a runny nose.
  >
  > 我沒戴口罩就打掃房間，結果我的鼻水流不停。

* **Every time …**

  每次……

  > **ex** **Every time** I eat seafood, my skin gets itchy.
  >
  > 每次我吃海鮮，皮膚就會癢。

04

中暑

必備單字

appetite n. 胃口　　**turn on** phr. 開啟　　**stay** v. 待在

dizzy adj. 暈眩的　　**take a nap** phr. 小憩一會

sunstroke n. 中暑　　**air conditioner** n. 冷氣機

基本句型

• 及物動詞用法 S（主詞）＋ V（動詞）＋ O（受詞）

ex 及物動詞：**bring** 攜帶

<u>My sister</u>　<u>brought</u>　<u>an umbrella</u>. 我妹妹帶著傘。
　主詞　　　　動詞　　　　　受詞

動詞時態變化 bring（現在式）→ *brought*（過去式）。

• 不及物動詞用法 S（主詞）＋ V（動詞）

ex 不及物動詞：**stay** 待在

<u>He</u>　<u>stayed</u>　<u>indoors</u>. 他待在家。
主詞　　動詞　　　補語

動詞時態變化 stay（現在式）→ *stayed*（過去式）。

練習基本句型！

不及物動詞用法 S（主詞）＋ V（動詞）

• 不及物動詞：**feel** 感覺

_____. 我覺得好暈。

我（主詞）　感到（動詞）　暈眩的（形容詞）

動詞時態變化 feel（現在式）→ *felt*（過去式）

Answer : I felt dizzy.

常用短句

① The weather was scorching hot.

天氣熱死了。

相似句 The heat is killing me.

真是熱死人了。

② I had no appetite.

我沒有食慾。

相似句 I don't feel like eating.

我不想吃東西。

③ I just want to stay home and turn on the air conditioner.

我只想待在家裡開冷氣。

相似句 All I want to do is stay home with the air conditioner on.

我想待在家裡吹冷氣。

④ I stay at home and rest.

我待在家裡休息。

相似句 I'd rather stay home and take a nap.

我寧願待在家睡午覺。

⑤ I feel dizzy.

我覺得頭暈。

相似句 I get dizzy and sleepy.

我頭暈想睡了。

Soccer exam

I **prefer** winter to summer. The **temperature** today is 38°C. Yet, we still had to pass the soccer exam in such a hot day. My classmate was sent to the **health center** because of getting sunstroke in the **afternoon**. The **nurse** said that we had better stay **indoors** on such a hot day. I really **envy** him for staying in the health center all afternoon.

中譯

足球考試

我喜歡冬天勝過夏天。今天的溫度有攝氏38度！我們還要在大熱天裡考足球。我同學就因為中暑而被送到保健中心。護士說我們這種天氣最好待在室內。我好羨慕他哦，可以下午都待在保健中心。

相關單字

temperature 溫度	health center 保健中心	afternoon 下午
nurse 護士	indoors 室內的	envy 羨慕
umbrella 雨傘		

寫作練習

熱死了～～

　　1. 天氣熱到炸，我完全沒有食慾。我只想待在家裡開冷氣，2. 我整天最想做的事只有睡覺。假如我昨天出去時有帶傘的話，我就不會中暑了。

It's hot to death

　　1. _____. ***I have no*** appetite. I just want to stay home and turn on the air conditioner. **2.** _____
_____. If I had had an ***umbrella*** with me when I went out yesterday, I would not have gotten sunstroke.

解答

1. The weather was scorching hot.
2. Sleeping was the only thing I wanted to do all day.

再多學一點

• **I prefer ... to ...**	• **I have no ...**
我喜歡……勝過……	我沒有……
ex I **prefer** outdoors activities **to** reading.	**ex** I **have no** experience of getting sunburned.
我喜歡戶外活動勝過閱讀。	我沒有曬傷的經驗。

05　看中醫

必備單字

vomit v. 嘔吐　　**nauseous** adj. 噁心的　**herb** n. 藥草

herbal adj. 草藥的　**consult** v. 諮詢　　**odor** n. 氣味

immunity n. 免疫力　**medication** n. 治療

基本句型

・及物動詞用法 S（主詞）＋ V（動詞）＋ O（受詞）

ex 及物動詞：**consult** 看病

My sister　consulted　a Chinese herb doctor. 我妹妹去看中醫。
　主詞　　　　動詞　　　　受詞

動詞時態變化 consult（現在式）→ *consulted*（過去式）。

・不及物動詞用法 S（主詞）＋ V（動詞）

ex 不及物動詞：**vomit** 嘔吐

He　vomited　because of an awful odor. 他因為那個很糟的氣味而嘔吐。
主詞　動詞　　　　補語

動詞時態變化 vomit（現在式）→ *vomited*（過去式）。

練習基本句型！

及物動詞用法 S（主詞）＋ V（動詞）＋ O（受詞）

・及物動詞：**smell** 聞到

_____. 他聞到一個很奇怪的味道。

他（主詞）　　　聞到（動詞）　　　奇怪的味道（受詞）

動詞時態變化 smell（現在式）→ *smelled*（過去式）

Answer：He smelled a weird odor.

常用短句

① I felt like vomiting.

我想要吐。

相似句 I got nauseous after eating.

我吃東西後很想吐。

② Mom took me to see a Chinese herb doctor.

媽媽帶我去看中醫。

相似句 I went consult a Chinese herb doctor.

我去看中醫。

③ I am afraid of taking herbal medicine.

我很怕吃中藥。

相似句 I'm scared to take Chinese herbal medicine.

我害怕吃中藥。

④ Chinese herbal medicine has an awful odor.

中藥有可怕的氣味。

相似句 Chinese herbal medicine smells terrible.

中藥聞起來很可怕。

⑤ I have weak immunity against viruses.

我的免疫系統很差。

相似句 How can I boost my immune system?

我能怎麼增強免疫力呢？

Magic Chinese herb doctor

I played soccer with my friend yesterday. My ***back*** was hurting. I thought I must have ***injured*** myself during the game. Mom took me to see a Chinese herb doctor. The doctor said my back was hurt because my ***spinal cord*** was ***inflamed***. ***I am not allowed to*** wear high-heeled shoes these days for fear that my spinal cord would get hurt again.

中譯

神奇的中醫

我昨天跟我朋友踢足球，然後我的背就痛了。我覺得一定是在比賽中受了傷，所以媽媽帶我去看中醫。醫生說我背部會痛是因為脊椎神經發炎。為了怕脊椎神經再度受傷，我最近都不能再穿高跟鞋了。

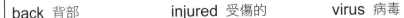

相關單字

back 背部

injured 受傷的

virus 病毒

inflamed 發炎的

flu 流行性感冒

weak 脆弱的

nourish 滋養

spinal cord 脊椎神經

寫作練習

老人都相信……

老人都很相信中醫。他們説醫院裡的藥通常對他們來説太強烈了。我很怕吃中藥。1. 中藥有一種可怕的味道。我從來沒有生病過，但今天我因為流行感冒去看中醫。醫生説我身體很虛，必須以中藥調養一段時間，否則我對病毒的免疫力會很差。

Old people believed...

Old people *believed in* Chinese medication. They said medicine in the hospital were usually too strong for them. I am afraid of taking herbal medicine. **1.** _____.
I had never been sick before, but I went to see a Chinese herbal doctor because of the *flu* today. The doctor said that I was so *weak* that I must take some herbs to *nourish* my body for a while, or I would have weak immunity against *viruses*.

解答

1. Chinese herbal medicine has an awful odor.

再多學一點

• **I am not allowed to ...**

我不被允許……

ex **I am not allowed to** eat anything icy, spicy, or greasy for the medical treatment.
因為在進行治療，我不被允許吃冰的、辣的和油的東西。

• **believed in ...**

深信……

ex **I believe in** the medicinal effects of Chinese herbal medicine.
我深信中藥的醫療效果。

避之唯恐
不及的事

8

RTI

01 颱風

必備單字

serious adj. 嚴重的　　**typhoon** n. 颱風　　**predict** v. 預測

hit v. 襲擊　　**windy** adj. 刮風的　　**sandbag** n. 沙包

preparation n. 預防措施　**instant noodles** phr. 泡麵

基本句型

‧ 及物動詞用法 S（主詞）＋ V（動詞）＋ O（受詞）

ex 及物動詞：**hit** 襲擊

A typhoon　hit　Taiwan . 颱風襲擊台灣。
　主詞　　　動詞　　受詞

動詞時態變化 hit（現在式）→ *hit*（過去式）。

‧ 不及物動詞用法 S（主詞）＋ V（動詞）

ex 不及物動詞：**blow** 吹；刮

Winds　blew　wildly . 風猛烈的吹著。
　主詞　　動詞　　副詞（修飾動詞）

動詞時態變化 blow（現在式）→ *blew*（過去式）。

練習基本句型！

及物動詞用法 S（主詞）＋ V（動詞）＋ O（受詞）

‧ 及物動詞：**grab** 抓取

_____. 我搜括一堆泡麵。

我（主詞）　抓取（動詞）　　許多泡麵（受詞）

動詞時態變化 grab（現在式）→ *grabbed*（過去式）

Answer : I grabbed many instant noodles.

常用短句

① There was a serious typhoon today.

今天有個嚴重的颱風。

相似句 A strong typhoon is coming today.

今天有強颱襲來。

---

② There is a typhoon coming.

颱風要來了。

相似句 It's predicted that the typhoon will hit Taiwan in 2 hours.

據預測，兩個小時內颱風就會登陸台灣。

---

③ It has become more and more windy this afternoon.

下午風就變得越來越大。

相似句 The wind got stronger, and the rain got heavier in the afternoon.

風雨在下午變得更大。

---

④ I went to grab dozens of instant noodles.

我去買了很多泡麵。

相似句 We made a big purchase for the coming typhoon.

颱風來襲，我們買了好多東西準備。

---

⑤ We should make preparations against the typhoon.

我們應該要做好防颱準備。

相似句 We piled up sandbags in the yard in preparation for the coming typhoon.

為了防颱，我們在庭院裡堆起沙包。

Typhoon is coming!

There was a serious typhoon today. The typhoon did terrible *damages* to *properties* and the *environment*. *It has become more and more* windy this afternoon. The Weather Bureau suggested that we should make preparations against the typhoon. For fear that the *electricity* would be cut off, people *stormed into* convenience stores to grab *candles*. I went to grab dozens of instant noodles so that I don't need to worry about eating when the typhoon attacks here.

中譯

颱風要來了！

　　今天有個強度很大的颱風，它造成財產上跟環境上的嚴重災害。下午的時候，風越來越大了。氣象局建議我們要做好防颱措施。因為怕會停電，大家都湧進便利商店買蠟燭。我也買了很多泡麵，這樣我就不用怕颱風來沒東西吃了。

相關單字		
damage 損害；災害	property 財產	environment 環境
electricity 電力	candle 蠟燭	common 普遍的
vegetable 蔬菜	storm into 猛然衝進（stormed into：過去式）	

寫作練習

颱風假

　　台灣在夏天的時候很常會有颱風。我不喜歡颱風，因為它會讓菜價變很貴。到目前為止，已經有六個颱風經過台灣了。1. 昨天也有個颱風，造成了很多災難。人們出去有可能會受傷，我也放了颱風假。

A day off because of the typhoon

　　Typhoon is ***common*** in the summer of Taiwan. I didn't like typhoon because the prices of ***vegetables*** get very high. ***So far***, we've had six typhoons in Taiwan. **1.** _____,_____
_____. People may get hurt if they go out, and I didn't have to go to school because of the typhoon.

解答

1. A typhoon hit Taiwan yesterday, and it caused a lot of damage.

再多學一點

- **It has become more and more …**
  變得越來越……

  ex **It has become more and more** nervous because the typhoon seemed to have changed its path.
  颱風似乎改變了路徑，讓情勢越來越緊張。

- **So far, …**
  到目前為止……

  ex **So far,** no one got hurt in the flood.
  到目前為止，沒人在水災中受傷。

02 停電

必備單字

electricity n. 電　　　**cut off** phr. 切斷　　**power** n. 電力

darkness n. 黑暗　　　**blackout** n. 停電　　**abruptly** adv. 突然地

blow v. （使保險絲）燒斷　　**identify** v. 辨別

基本句型

・及物動詞用法　S（主詞）＋ V（動詞）＋ O（受詞）

ex 及物動詞：**identify** 辨認

My sister　identified　things in darkness. 我妹妹在黑暗中辨別東西。
　主詞　　　　動詞　　　　受詞　　　補語

動詞時態變化 identify（現在式）→ *identified*（過去式）。

・不及物動詞用法　S（主詞）＋ V（動詞）

ex 不及物動詞：**go off** 停止供應

The power　went　off. 斷電了。
　主詞　　　　動詞　補語

動詞時態變化 go off（現在式）→ *went off*（過去式）。

練習基本句型！

及物動詞用法 S（主詞）＋ V（動詞）＋ O（受詞）

・及物動詞：**see** 看

_____. 他什麼都看不見。

他（主詞）　　看（動詞）　　沒有任何東西（受詞）

動詞時態變化 see（現在式）→ *saw*（過去式）

Answer：He saw nothing.

常用短句

① Electricity was cut off again tonight.

今晚又停電了。

相似句 The power went off again tonight.

今晚又跳電了。

---

② I could only identify things by touching in the darkness.

我只能用摸得來辨別東西。

相似句 I could see nothing in the darkness.

黑暗中，什麼都看不到。

---

③ I realize the importance of electricity.

我瞭解到電的重要性。

相似句 It dawned on me that electricity is so important to us.

我才發現電對我們如此的重要。

---

④ We hardly ever have blackouts here.

以前都沒發生過停電。

相似句 Blackout has never happened before.

以前從沒停電過。

---

⑤ It happened abruptly.

它突然發生了！

相似句 It came all of a sudden.

事發突然。

GOD!! Start over?!

I don't like blackouts. Electricity was cut off again tonight. I was using the ***computer*** when it happened. I had to ***start over*** from the ***beginning*** because I didn't ***save*** the data I ***typed***. I have spent two hours typing those data. It was really a ***nightmare***.

中譯

天啊！要重來？！

　　我不喜歡停電⋯⋯今天晚上電力突然被關掉，那時候我正在用電腦。我必須從頭開始再打一次，因為我沒有把輸入的資料存檔。我已經花了兩個小時在打那份資料了。真是個惡夢！！

相關單字

lump 腫塊	experience 經驗	computer 電腦
beginning 開始	save 保存	nightmare 惡夢
type 鍵入（typed：過去式）		

寫作練習

停電？！

　　我們這裡從沒有停電過。1. 我根本就不知道停電是怎麼一回事，直到它發生了，我才了解到這情況有多糟糕。我只能在黑暗中用摸得來辨認東西，結果我撞得全身都是傷。在這之後，我終於了解到電的重要性。我不想要再經歷一次這種情況了。

A blackout ?!

We hardly ever have blackouts here.**1.** _____
_____. ***Not until*** the blackout happened ***did I realize*** how terrible it was. I hit things and got many ***lumps*** on my body, for Icould only identify things and moved about by touching things in the darkness. I realize the importance of electricity after the blackout. I don't want to have this kind of ***experience*** anymore.

解答

1. I have no idea what a blackout is like.

再多學一點

• **start over** 重新開始 **ex** As the electricity went back, the TV **started over**. 電力恢復時，電視又重新開始播放。	• **Not until … did I realize …** 直到……我才了解…… **ex** **Not until** the blackout happened **did I realize** the importance of my light torch. 直到停電，我才了解手電筒的重要。

火災

必備單字

smoke n. 濃煙 **fire** n. 火災 **fight** v. 對抗

put out phr. 撲滅 **victim** n. 災民 **ceiling** n. 天花板

escape n. 逃生工具 **fire alarm** phr. 火災警報器

基本句型

・及物動詞用法 S（主詞）+ V（動詞）+ O（受詞）

ex 及物動詞：**fight** 對抗

 Firemen fought the fire . 消防隊員對抗火勢。
　主詞　　　動詞　　　受詞

動詞時態變化 fight（現在式）→ *fought*（過去式）。

・不及物動詞用法 S（主詞）+ V（動詞）

ex 不及物動詞：**escape** 逃脫

 Some victims escaped . 有些災民逃出來了。
　　主詞　　　　　動詞

動詞時態變化 eacape（現在式）→ *escaped*（過去式）。

練習基本句型！

及物動詞用法 S（主詞）+ V（動詞）+ O（受詞）

・及物動詞：**hit** 到達

_____. 煙霧瀰漫至天花板。

　煙霧（主詞）　　　到達（動詞）　　　天花板（受詞）

動詞時態變化 hit（現在式）→ *hit*（過去式）

Answer：The smoke hit the ceiling.

常用短句

① The building was full of smoke.

整棟大樓都是煙。

相似句 The whole building was consumed by fire.

整動大樓被火吞噬。

---

② The fire fighting trucks came to fight against the fire.

消防車前來救火。

相似句 The fire trucks rushed to the building to put out the fire.

消防車火速趕到那裡滅火。

---

③ Some people fled in time.

有些人即時逃出。

相似句 Some people got out from the fire escape.

有些人從逃生梯逃出。

---

④ The fire initiated the fire alarm bell.

火災觸動警鈴。

相似句 The fire alarm rang when the smoke hit the ceiling.

煙霧瀰漫到天花板時，火災警報器就響了。

---

⑤ The victims flipped out.

災民情緒激動。

相似句 The victims went emotional and freaked out.

災民變得情緒化且激動。

短文範例賞析

Bad luck

There was a ***factory*** near Mary and John's house. Mary and John's house ***was caught on fire***. The house was burnt down, and they've just bought it only half a year ago. They were terribly frightened when they heard about the fire. I heard that they had two houses in the ***countryside***, but both of the houses were old. Their ***estimated*** loss was up to about several ***million*** dollars. They really had bad luck.

運氣真不好

瑪莉和約翰的房子附近有一間工廠。他們的房子失火了,並且被全部燒毀。他們買這間房子才半年。當他們聽到這個消息時,都嚇壞了。我聽說他們在鄉下有兩棟房子,但是兩間都是舊的。他們估計損害金額達到幾百萬元,他們運氣真的很不好。

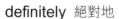

相關單字		
definitely 絕對地	resident 居民	axes 斧頭(複數)
ambulance 救護車	factory 工廠	estimated 估計的
countryside 郊外的	million 百萬	

寫作練習

失火了

　　1. 火災是很可怕的。我們應該教導小朋友絕對不能玩火。那間大樓充滿了濃煙，2. 消防車趕到了現場滅火。消防員用斧頭打開住戶們的大門。他們繼續救火，並幫助將那些受傷的人送上救護車。

On fire

　　1. _____. We should teach children that they *definitely* should not play with fire. The building *was full of* smoke. 2. _____ _____. The firemen opened the doors of the *residents* with *axes*. The firemen kept fighting against the fire and helping the injured to the *ambulance*.

解答

1. Fire is terrible.
2. The fire fighting trucks came to put off the fire.

再多學一點

- **... be caught on fire**
  ……著火了。

  ex The TV **was caught on fire** due to the problem in the electrical cord.
  電視因為電線問題著火了。

- **be full of ...**
  充滿了……

  ex The sky **was full of** smoke because of the fire.
  天空因為這場火災充滿了煙霧。

04 交通事故

必備單字

car accident n. 車禍　**witness** v. 目擊　**tumble off** phr. 跌落

motorcycle n. 機車　**ambulance** n. 救護車　**passerby** n. 路人

bleed v. 流血　　　**sprain** v. 扭傷

基本句型

・及物動詞用法 S（主詞）+ V（動詞）+ O（受詞）

> ex 及物動詞：**witness** 目睹；目擊
>
> <u>I</u>　<u>witnessed</u>　<u>a car accident</u>. 我目睹一件車禍。
> 主詞　　動詞　　　　受詞
>
> **動詞時態變化** witness（現在式）→ *witnessed*（過去式）。

・不及物動詞用法 S（主詞）+ V（動詞）

> ex 不及物動詞：**get** ……變得
>
> <u>My ankle</u>　<u>got</u>　<u>hurt</u>. 我的腳踝受傷。
> 主詞　　　　動詞　補語
>
> **動詞時態變化** get（現在式）→ *got*（過去式）。

> **練習基本句型！**
>
> **及物動詞用法** S（主詞）+ V（動詞）+ O（受詞）
>
> ・及物動詞：**sprain** 扭傷
>
> _____. 他拐到腳。
>
> 他（主詞）　　扭傷（動詞）　他的腳踝（受詞）
>
> **動詞時態變化** sprain（現在式）→ *sprained*（過去式）
>
> Answer：He sprained his ankle.

常用短句

① I saw a car accident on the way to my office.

上班途中我目睹一件車禍發生。

相似句 I witnessed a car accident on my way home.

我在回家路上目擊了一場車禍。

② I tumbled off my motorcycle yesterday.

我昨天從摩托車上摔下來。

相似句 I got bumped off my scooter yesterday.

我昨天被滑板車撞了。

③ They were taken away by an ambulance.

他們被救護車載走了。

相似句 The ambulance had taken them to the hospital.

救護車已經把他們送到醫院了。

④ A passerby held me up.

有路人扶我起來。

相似句 A witness filmed the whole accident.

有證人拍下了整起意外。

⑤ My knees were bleeding.

我的膝蓋流血了。

相似句 I sprained my ankle.

我的腳踝扭傷了。

短文範例賞析

Terrible experience

The car accident was terrible. I saw a car accident ***on the way to school***. A car, unable to ***brake*** in time, ***bumped into*** a motorcycle in front of it. Being hit by the car, the rider was tossed to the air from the motorcycle and ***landed*** on the ground. A passerby called the ambulance right away. The ambulance arrived at the same time as the police arrived to ***deal with*** the accident.

恐怖的經驗

　　車禍真的很恐怖。我今天在到學校的路上看到車禍。有一台車因為煞車不及，直接撞到它前面的機車，那個機車騎士被撞了以後飛了起來，又跌到地上。路人立刻叫救護車，最後救護車跟警察同時到達以處理這個意外。

相關單字		
brake 煞住	helmet 安全帽	wound 傷口
deal with 處理	bump into 碰撞（bumped into：過去式）	
blame 責備（blamed：過去式）	land 落地（landed：過去式）	

寫作練習

我好痛。

　　1. 我昨天從摩托車上摔下來，2. 我膝蓋都流血了。我從機車摔下來的時候快哭出來了。我膝蓋傷得很重，很難站起來。幸運地，有個路人幫了我一把。我真的無法想像沒帶安全帽的結果會怎樣。當我媽看到我的傷口時，她責怪我太粗心大意。

I feel bad.

1. _____. **2.** _____
_____. I almost cried when I fell down from my motorcycle. My knees hurt badly, and I had trouble standing up then. Luckily, a passerby held me up. ***I couldn't imagine*** the result if I didn't wear a ***helmet***. When looking at my ***wounds***, my mom ***blamed*** me for my carelessness.

解答

1. I tumbled off my motorcycle yesterday.
2. My knees were bleeding.

再多學一點

• **... on the way to my school.**
　在我去上課的路上……

> **ex** I saw a car get stuck in a pit **on the way to my school.**
> 在我去上課的路上，我看到一台車卡在洞裡。

• **I couldn't imagine ...**
　我不敢想像……

> **ex** **I couldn't imagine** what would have happened if those two riders didn't wear helmets.
> 我不敢想像要是他們兩位騎士沒帶安全帽，會發生什麼事情。

語研力 *E061*

建構式英文寫作速成課：
從書寫生活記錄開始，鍛鍊英文寫作力

帶你一步一步的用「記錄生活練語感」的方式，奠定英文寫作素養。

作　　者	Michael Yang
顧　　問	曾文旭
出版總監	陳逸祺、耿文國
主　　編	陳蕙芳
執行編輯	翁芯俐
內文排版	李依靜
封面設計	李依靜
法律顧問	北辰著作權事務所

印　　製	世和印製企業有限公司
初　　版	2022 年 01 月
出　　版	凱信企業集團 - 凱信企業管理顧問有限公司
電　　話	（02）2773-6566
傳　　真	（02）2778-1033
地　　址	106 台北市大安區忠孝東路四段 218 之 4 號 12 樓
信　　箱	kaihsinbooks@gmail.com

定　　價	新台幣 349 元 / 港幣 116 元
產品內容	1 書

總 經 銷	采舍國際有限公司
地　　址	235 新北市中和區中山路二段 366 巷 10 號 3 樓
電　　話	（02）8245-8786
傳　　真	（02）8245-8718

國家圖書館出版品預行編目資料

建構式英文寫作速成課：從書寫生活記錄開始，
鍛鍊英文寫作力／Michael Yang著. – 初版. – 臺
北市：凱信企業集團凱信企業管理顧問有限公司,
2022.01
　面；　公分
ISBN 978-626-7097-00-7(平裝)

1.英語 2.寫作法
805.17　　　　　　　　　　　　110019821